청어詩人選 231

너무나 개인적이고 문학적이지 않은

하루 별이 모여서 2

하루 볕이 모여서 2

강희산 육아 시집

발 행 처 · 도서출판 청어
발 행 인 · 이영철
영 업 · 이동호
홍 보 · 천성래
기 획 · 남기환
편 집 · 방세화
디 자 인 · 이수빈 | 김영은
제작이사 · 공병한
인 쇄 · 두리터

등 록 · 1999년 5월 3일
(제1999-000063호)

1판 1쇄 발행 · 2020년 4월 10일

주소 · 서울특별시 서초구 남부순환로 364길 8-15 동일빌딩 2층
대표전화 · 02-586-0477
팩시밀리 · 0303-0942-0478

홈페이지 · www.chungeobook.com
E-mail · ppi20@hanmail.net
ISBN · 979-11-5860-833-3(03810)

이 도서의 국립중앙도서관 출판시도서목록(CIP)은 서지정보유통지원시스템 홈페이지(http://seoji.nl.go.kr)와 국가자료공동목록시스템(http://www.nl.go.kr/kolisnet)에서 이용하실 수 있습니다.(CIP제어번호: CIP2020011480)

하루 별이 모여서 2

시인의 말

자선 음악회 티켓 한 장이었던 전편의 책으로 십시일반의 기적을 이루어 주셨던 은인 님들과 미래의 은인 님이 되실 분께 이 책을 바칩니다.

마야 원주민들의 땅! 멕시코 캄페체, 캄페체는 멕시코에서 가장 아름답기로 유명한 곳입니다. 유네스코가 세계 문화유산으로 지정할 정도로 다양한 문화 유적지와 아름다운 풍광을 자랑하는 곳입니다. 그럼에도 불구하고 2019년 멕시코 통계청에 따르면 15분마다 1명이 살해되고 있다고 합니다.

이 현실에서 그 한 명의 유가족이 된 9살 카롤과 13살인 오빠 크리스토퍼는 마음이 아파서 더욱 더 배가 고플 것입니다. 배가 고픈 그 아이들에게 매일 쌀 한 줌을 보내고자 탁발승이 되어 독자 님들의 마음의 대문을 두드려 봅니다.

기특하게도 카롤의 꿈은 요리사나 발레리나라고 합니다. 슬픈 표정의 두 아이의 얼굴이 환해질 때까지 혹은 카롤의 꿈이 여물 때까지 시집 판매 대금 전액은 두 아이와 다른 유가족에게 보내지게 될 것입니다.

2020년 4월
강희산 올림

※ 이 시집은 외손녀의 두 살 때 이야기입니다.

차례

2부 혼자서 다하네?

3부 아빠 오시는 날

4부 혼자 보기 아까운 장면

1부

나비야 청산 가자

말은 못해도 말귀 알아 듣네?
우리 아기 만세!
등에 업고 만세!
둥개둥개 만세!
두 팔에 안고 만세!
헹가래 치며 만만세!

아기는 아플 때 자란다

방글방글 잘 웃던 우리 아기
축 처진 모습이 애처롭네

설사를 좌-악-좌-악-소나기처럼 하니
똥물이 기저귀 밖으로 속절없이 새어
내 옷도 어물쩍 한 통속이 되어 넘어가네

의사는 장염이라 했으며 굶기지 말고
유제품만 빼고 뭐든지 자꾸 먹이라 했네
해서, 받아 온 약을 숟가락에 담아 아기의 혀 위에
놓는 동시 인정사정없이 힘껏 눌렀네
목젖을 타고 내려간 약을 강제로 받은 우리 아기
억울하다고 하소연 하며 신문고 두드리는 소리
들어보소! 발악하는 울음소리 들어 보소!
천상, 강원도 설악山 토왕폭포 소리요

앓고 나면

아기는 장염, 할미는 고뿔
우리는 진흙탕에서 나왔다

할미는 아프고 나면 물기가 빠지고
아기는 아프고 나면 물기가 오른다

할미의 땅은 푹 꺼지는데
아기의 땅은 단단해진다

할미의 기운은 서글퍼지는데
아기의 기운은 파릇파릇 돋는다

할미의 날개는 제자리걸음인데
아기의 날개는 높이높이 난다

할미의 길은 가까워지면서 흐려지는데
아기의 길은 멀어지면서 또렷해진다
그리하여 할미의 추락할 준비는 누워있고
아기는 비상할 각오가 서 있다

설마

뭐?! 머시라꼬???
13개월 된 우리 아기!
발달장애에 걸렸다고?
인지능력이 떨어진다고?
좀, 기다려 봤다가
큰 병원 가서 검사 받아 봐야 한다고?
청천벽력 같은 의사의 말!

맙소사… 설마… 그럴… 리가…
에미야! 네 친구 복희 말이다
초등학교 때 맨날 꼴지 만 했잖아
그런데 훗날 알고 보니
걔가 하버드 나왔더라고?
에미야, 늦게 트이는 아이도 있더라
담대하게 기다려 보자꾸자
거북이라도 좋다!
토끼가 될지 어느 누가 알겠어!
우린 기절초풍 할 준비나 서둘자
의사의 말로부터 자유롭지 못하지만
큰 병원 예약 건에 머리는 시끄럽지만

만세

엄마의 '엄'은 기본이고 맘마의 '맘' 정도는 나올 시기 이미, 벌써 한참 지났는데 본능적으로 나올 법한 '맘' 소리도 못하고 있는 아기를 보니 답답하고 불안하지 않다고 말할 수 없다.

윗입술 아랫입술 야무지게 모우면서 '맘' 하고 수 만 번 반복하며 시도 때도 없이 시범을 보여줘도 밍밍한 우리 아기 술에 술 탄 듯 물에 물 탄 듯하다.

책을 입에 물고 있는 아가야 '지지'다! 책은 넘기며 보면서 갖고 노는 장난감이다. 재미있는 이야기가 쌓여있는 보따리다. 처음 보는 사물이 가득 있는 보물 창고다. 했더니 어라? 안 무네? 우리 아기 짱이다!

말은 못해도 말귀 알아 듣네? 우리 아기 만세! 등에 업고 만세! 둥개둥개 만세! 두 팔에 안고 만세! 헹가래 치며 만만세!

아가! 피하고 싶은 것 보다 마주하고 싶은 것을 먼저 떠올려 보기로 해야겠다. 그치?

지구야 너도 아프지?

우리 아기 감기 걸렸다
콜록콜록 하는 뜨거운 몸은 38.5도다
옷 벗기고 부지런히 찬물 먹이며
찬 물수건으로 이마며 목이며 수시로
겨드랑이에 대어 줌에도 불구하고
식지 않는 몸은 열로 가득 찼다.
그런데 희한하다, 빨개진 눈으로도
쌩쌩하게 잘 놀아주니까
신기하고 놀랍다 그리고 고맙다

우리 지구도 감기 들었다.
온난화가 가속되더니 위기가 닥쳤나?
1도만 올랐을 뿐인데 몸은 으슬으슬 한기가 들고
만신이 쑤셔 자리 깔고 눕고 싶다고 한다
뜨거워지는 지구가 화석연료 사용 줄이고
온실가스 배출에 대해 이마를 맞대라고 한다
기진한 지구가 앞으로 나아가기만 하는 가동을
잠깐 멈추고 좀 쉬어갔음 소원이 없겠다고 한다

아기와 지구는 무슨 배짱일까 혹은 어떤 저력일까?
나 같았으면 물에 젖은 종잇장일 텐데

문아 문아 말문아

물 한 모금 마시고 나서 캬-하면
아기도 캬- 하고 따라 하는 표정
눈에 넣어도 안 아프게 예쁘다

물 한 모금 머금고 꿀렁꿀렁 하면
저도 한 입 물로 오물오물 하다가
줄줄 흘리는 모습이 깨물고 싶게 귀엽다.

입으로 소리 내는 것 하면서 말은 왜 안 하니?
문아 문아 말문아 언제 열릴 거니?
아가 아가 엄마 소리는 언제 할 거니?
사방을 훑어 봐도 징후는 깜깜하구나

한 달 내내 과자를 갖고 와서 '까까'라고
수없이 되풀이 해 봐도 할 기미가 없다.
그냥 할미 손을 잡고 과자에 대 놓으면서
알아서 해라는 식이다. '까까' 해보라고 했더니
아기는 꽥-하고 무슨 짐승 같은 소리만 지른다
예수님, 부처님 당신은 아시겠지요
우리 아기 언제 말문이 열릴지…

끙끙

우리 아기 징글벨 노래 소리 나오는
장난감에 관심이 많다네

음악 나오게 해 놓고 몸을 흔들면
저도 분위기 맞추듯 몸을 흔들어
우리는 몸과 마음을 뒤섞으며 논다네

오늘도 기별이 오려나 시험해 보고 싶어서
징글벨 노래를 육성으로 불렀더니
아가는 그 장난감을 찾아와서
내 앞에 놓으며 벙어리 짓을 한다네

끙끙 앓는 소리 내면서
음악 나오게 해 보라고 끙끙하는
우리 아기 언제쯤 끙끙 안 할까
끙끙, 눈물 나게 애가 타도
끙끙, 아무짝에도 소용이 없네

원래 등잔 밑은 어두운 법이라네
오늘은 앞이 안 보이지만 끙끙
내일은 훤히 보이겠지 끙끙

나비야 청산 가자

간밤, 막사에서 탈영한 대사건이 있었다! 아기 키의 허리께 쯤에 오는 울타리가 있는 아기 침대. 그곳에서 아기는 자기 영역을 이탈했다. 자유 찾아 담장 넘어왔다. 삐뽀삐뽀 구급차 오고 헬리콥터야 너도 뜨겠지?

요! 깜찍한 것이 기필코 해냈다. 장하다, 장해! 네가 철의 장막 같은 그곳을 넘어오려고 시도하는 것 여러 번 봤거든? 드디어 만리장성 같던 장애물을 넘었다. 애국가야 울려 퍼져라. 올림픽 금메달 땄다.

무용지물이 된 경계, 나를 가두었던 이념, 백척간두 같이 높기만 하여 억측이 난무하던 것들이 허물어지니 온 세상이 아가네 손바닥에 있겠네? '나비야 청산가자 범나비 너도 가자'

요지경

키가 얼추 180인 아기 삼촌 곁에
아기가 서 있다
기린 옆에 청솔모가 있는 것 같다

사자 옆에 있는 생쥐가
사자 보고 '까꿍' 한다
아름다운 그림이다

장대 같은 사람 곁에
막대만한 아기가 있다
꼬리를 세우고 꼿꼿하게 선 뱀 곁에
지렁이도 그렇게 하고 있는 것 같다
흥겨운 음악이다

두 사람이 손을 잡고 간다
호랑이와 토끼가 손잡고 간다

내용은 아리까리한 별천지
손에 잡히는 것은 없지만
선한 기운에 끌려 다니는 것이 좋다

까꿍

아기가 '엄마' 하고 부르는 소리
들어보는 것이 소원인데
이유식을 '맘마'라고 말하는 것이 바램인데
오늘 갑자기 "까꿍" 하며 희망을 주네
할머니를 "까꿍" 하고 위로하네

엄마와 맘마의 첫 음절의 입술 모양을 보여
주면서 입에 단내 나도록 연습시켜 보았지만
소귀에 경 읽기였네

된 발음부터 먼저 하는 우리 아기
어려운 관문을 통과하는 것 같네
매도 먼저 맞는 놈이 낫다고
한 음절도 하기 어려운 마당에
된 발음의 두 음절을 잘하니
될 성 부른 나무는 떡잎부터 알겠네
멀리 가기 위해서는
초조함을 버리기로 했다네

오늘에사

아기에게 '만세' 하면
두 팔을 번쩍 들으라고
침이 마르도록 가르쳤더니
오늘에사 '만세' 하니까
두 팔을 올리는 둥 마는 둥 하네

엄마 앞에서 '짝짝꿍' 노래하며
율동하며 혀가 닳도록 했더니
오늘에사 그 노래 부르니까
두 손을 가슴에 대더니
합장하는 시늉을 하네

누워서 무릎을 세워 발목에 아기를
앉혀서 기차 태워주는 놀이
할 때마다 '칙칙폭폭'을
목이 아프도록 했더니
오늘에사 "지지보보" 하네

어디에 쓰는 물건인고!

우리 아기 집안에서 맨발로 걸음마 떼 듯
생애 처음으로 집 밖 땅 위에서
첫 걸음마 시켜보려고 바깥으로 나오기 위해
신발을 신기려고 함다

발에 신을 끼워 보려고 해도
안간힘을 쓰면서 싫다고 함다
달콤한 말로 아무리 꼬드겨 봐도
아긴 이 물건은 어디에 쓰는 것인고! 함다

밖으로 나와서 신발을 억지로 신겼더니
끙끙 앓는 소리하며 벗겨 내려고 함다

이상한가 봄다. 아기는 맨발로 걸어야만
엄마 젖가슴 만지는 것 같은 느낌을 아나 봄다
신발을 신으면 장갑을 끼고 만지는 것 같고
맨발로 가면 장갑을 벗고 만지는 기분을
진작부터 터득했나 봄다

새로운 세계로

드디어 우리 아기 신발 신고 첫 외출했습니다
또래 아기가 와도 감정 없는 부동자세 임다
전진도 없고 후퇴도 없는 장승 같습니다
그 아기가 나뭇잎 하나 주워 우리 아기에게 주자
그걸 받아보려고 한 발자국 떼는 찰라
더 없이 참혹하게 넘어졌습니다
넘어졌으면 당장 일어날 법도 한데
그 자세 그대로 동판에 아로새긴 이정표 같습니다

이상한 느낌의 바닥에서 넘어진 이유를
곧바로 알아 냈습니다. 신발도 거추장스러워 죽겠는데
화공약품 냄새 배인 우레탄 바닥의 끈적이는
촉감이 질색이었나 봅니다. 그러니 걸음마는 DMZ 같았겠습니다
하여 흙이 있는 땅바닥으로 데리고 갔습니다
아긴 제법 서너 걸음 떼기 시작하더니
전속력으로 걷습니다. 엎어지면 얼른 일어나
다시 걷습니다. 우리 아기 성공! 박수 짝짝!
아기는, 무릇 사람이란 흙냄새 맡으며
맨땅을 밟고 살아야 몸도 마음도 건강하다 했습니다

쥐뿔도 없어

우리 아기 길을 걸어갈 때
손에 뭘 꼭 잡고 걷는다
빈손으로 가면 발걸음도
가뿐할 텐데, 하다못해
사탕 껍질이거나 돌멩이 하나라도
주워서 손에 꼭 쥐고 걷는다
빼내려고 하면 고양이 같이
손톱을 세우며 아–앙– 한다

아가야 몸이 심심해서 그러니?
마음이 허전해서 그러니?

허! 허! 허! 허허벌판 같은
바깥세상 나와 보니
쥐뿔도 없어
손에 쥔 것뿐이라고?

봄비

아가야 잘 먹어 주는 게 효도란다

봄이 오니까 식욕이 돋니?
봄비 오니까 너의 몸도
봄에 맞춤 맞게 그렇게 되었니?

추운 겨울을 버텨낸 나무는 봄비 오면
물을 무섭게 끌어당겨 빨아올리잖니?

우리 아기 속껍질 벗겨 낸 귤 한 조각도
깨작깨작 했는데 봄비 오니까
속껍질 안 벗겨도 잘도 먹네
한꺼번에 두 개는 후다닥 해치우네?

효도 받고 날개를 단 할미도 탄력이 생겼남?
봄비가 주는 리듬을 타고
즐거운 물을 끌어당겨 올리느라고
젖 먹던 힘으로 겁나게 빨아 당기고 있네?

그치?

아가! 우린 놀이터, 나무 하마와 있었지?
15개월 된 아기가 쪼르르르 오더니
"이게 뭐야" 하잖니?
할미는 순간 기가 팍 죽었더란다
한 두어 개 겨우 발음하면서
맨날 끙끙 앓는 소리만 하는 너와 다르게
동갑내기 입에서 완벽한 말이 나오니까
내가 단번에 쪼그라들더라야
우리 아긴 언제 저렇게 말을 잘 할까
부럽기도 하지만 가만히 생각해 보면
빠르다고 다 좋은 건 아니다 그치?
큰 인물이 될 사람은 보통사람보다
늦게 성공한다는 말로 위로 삼으련다

위로 보니 태산인데
아래로 보니 하늘 아래 뫼네?
아가! 큰 인물이 되는 것도 좋지만
그릇이 큰 사람이 되는 것이 더 좋겠다
무엇이 되는 것이 중요한 것이 아니라
어떻게 사는 것이 더 중하지 않겠니?

파김치

아가! 집 바깥에 나오면
기분이 상승되니?
감성 지수가 치솟니?
소리를 지르더라?
바람에 흘러가듯
물결에 미끄러지듯
너의 몸 상태는 자연으로 취하더라?
밀물이 밀려오듯
썰물이 쓸려가듯
너의 몸짓은 자연에 맡기더라?

넘어지기를 무슨 장난처럼 쉽게 잘도 넘어지더니
그 횟수도 점점 줄어 들고 있는 아기 뒤를 졸졸
병아리가 어미 닭 꽁무니 따라 다니듯 했다

와-우 오늘은 무려 두 시간 넘도록
싸돌아다닌 길 따라 신경을 곤두세운 몸은
아기의 팔다리가 되어 놀이 기구와 함께 했더니
파김치가 되었다. 짭조름한 멸치 젓국, 파, 마늘, 고춧가루,
양념과 버무려진 내 몸은 입안의 침에 척척 달라붙었다

악수

삼삼오오 교문을 나서는 초등학생들

하굣길 여자 초딩생 네댓 명이
놀이터에 있는 우리 아기를 둘러쌌다
귀엽다고, 예쁘다고, 사랑스럽다고
몇 살이냐고, 한 마디씩 말을 건다

"언니" 하고 불렀음 오죽 좋으련만…
내가 대신 발음도 다정하게 혹은 힘있게
언니들 하나하나에게 '언니'라고 부르면서
아기랑 악수를 시켜주었다

언니들은 "세상에 이렇게 작은 손은 처음 본다"면서
"이렇게 작을 수는 없다"면서
"작아도 너무 작다"면서 만지고 또 만지면서
혹은 더 만지고 싶어 떠날 줄 모른다

모르는 언니들과 친교를 맺으며 교우하는 풍경 한 점
아기의 스케치북에 담아본다

나의 시간도 주워주련

천하의 욕심꾸러기 우리 아기는
뭐든지 손에 쥐고 있으려고만 한다.
친구가 뺏으려고 하면 악을 쓰면서
안 뺏기려고 기를 쓰는 것을 보니
제비는 작아도 강남 가는 것 맞다

미끄럼틀 난간을 잡고
계단을 오르는데 꼬챙이 하나
꼭 쥐고 있으니까 위험해 보인다.
아가야! 뭘 쥐고 있으면 불편하잖니?
할머니한테 맡겨 놓았다가
나중에 찾아가렴 해도
'굿이나 보고 떡이나 드세요' 한다

아기는 새로운 것 눈에 띄면 쥔 것 버리고
새로운 것 주워서 쥐고 간다.
담배꽁초, 솔방울, 깃털, 빈 깡통, 면봉
별의 별 것도 다 주우며 간다

아가! 할미가 잃어버린 꽃신 한 짝도 주워주련?

단순한 사랑

오동 씨만 보아도 춤을 추고 싶은,
공짜로 얻은 것 같아서 좋은,
괜히 휘파람 불고 싶은,
미세먼지 없는 이른 봄날
비둘기 두 마리가
쌀과자를 먹고 있는 아기 앞으로
아깃짱 아깃짱 걸어왔다
과자를 가루로 내어 뿌려주었더니
먹는 재미와 또 더 주지 않을까 하는 기대로
떠나지 않고 서성거리면서
아기의 눈을 호강시켜준다
심심했던 아기도 자리 잡고 논다

아가야! 비둘기는 구구구하고 말하지?
두 마리가 입을 맞추는 순진도 봤지?
근데 흡사 싸우는 것 같았지?
걔들은 싸움도 사랑을 머금고 하나 봐
맞다! 단순한 사랑은 그런 것인지도 몰라
내 마음, 내 영혼에도 그런 사랑으로
가득 채워졌으면 좋겠지?

허-허-

우리 아기 입에서 '엄마' 소리 나오기를
목을 빼고 기다리는 학처럼 기다렸는데
'엄마' 소리는 안 나오고
"아빠!" 소리가 나왔다

그림책 속의 사람들을 손가락으로 짚으며
"아빠 아빠"라 하고, 길가다가 지나가는 사람
여자고 남자고 전부 다 "아빠"라고 부른다
사람들은 무조건 다 '아빠'로 명명한다

엄마는 아빠가 아니고 '엄마'라고 해도
여전히 아빠라고 호명한다
콩을 팥이라고 우기는 우리 아긴
모든 길은 다 로마로 통하듯?
모든 사람은 다 아빠로 통한다고?
허허 우리 아기 언제 창세기를 읽었남?

까치

창 밖 나뭇가지에 까치가 와서 울었다
아기를 안고 까치와 친구하라고 인사시켰다
무서웠나? 아기는 눈이 동그래지면서
내 품 안으로 파고 들기만 했다
동화 속의 까치 이야길 들려주면서
괜찮다고 해도 더 깊이 달라붙는 사이
까치는 날아가 버리고 아기는 날아가 버린
까치를 찾고 있다. 아가야! 까치는 너랑 놀고 싶어 왔는데
네가 놀라니까 멋쩍어 갔나 보다

'까치까치설날은어저께고요우리우리설날은오늘이래요
곱고고운댕기도내가드리고새로사온신발도내가신어요'
마음을 다하여 조용조용 불러줬던 노래 덕인지
깊이 파고든 품속에서 고요히 잠이 든 아기
아기를 보고 있는 평온함에 샘물이 고인다
이보다 더 좋을 수는 없는 이 근원의
자리에서 마른 목을 축인다

곰과 공 그리고 사랑

아가! '곰 세 마리' 노래 부르면서
곰이랑 놀아보자
곰은 어디 있지?

공을 찾아와서 내 품에 안기는 우리 아기

아가, 우리 공 던지기 할까?
공을 갖고 오니라

아기는 곰을 갖고 와 내 무르팍에 둔다

곰도 공도 격의 없이 품는 아가야
구분 짓는 것은 어른들인가
선을 긋는 것은 사랑이 아닌 것 같지?
그 무엇도 규정하려고 들지 말자
할미는 네게 사랑으로 충족시켜 주고 싶구나
사랑의 사람이 되고 싶구나

맛있는 공기

꽁꽁 얼어붙던 겨울 보내고
따스한 봄기운이 비단결 같은 날이면
날마다 바깥에서 놀 수 있다면
우리는 얼마나 행복할까

내리 닷새를 밤낮으로 갇혀 있었으니
감옥도 이런 감옥이 없다
울 아기는 아무 잘못한 것도 없는데
왜 나랑 갇혀 있을까
나는야 이윤을 추구하며 밤낮 불을 뗀 잘못
물을 물 쓰듯 펑펑 쓴 잘못
생각 없는 쓰레기를 생각 없이 생산해 놓은 잘못
'즐거운 불편'을 무시한 잘못 등등으로 갇혀 있지만
아무 영문도 모르는, 울 아긴 빨리 바깥나들이 가서
새콤달콤한 새 공기 코 안에 넣어보고 싶다고,
맛있는 공기 마시고 싶다고
온종일 징징 대기만 한다

진풍경

아가야 오늘 강아지 실컷 만져봤지?
세상 와서 처음 만져보는 촉감이 어땠니?
주인의 허락은 얻었지만 너는 계속
만지려고 해서 입장 곤란하더라야
주인이 그만 만지라고 해도
황소 뿔 같은 고집은 좀 얄밉더라야
이 세상에 물지 않는 강아지는 없단다

아가, 강아지랑 빠이빠이 해 놓고 잘 걸어가다가
갑자기 뒤돌아서 보더니 강아지 쪽으로
미끄러지듯 가더라? 달음박질 잘하는
다람쥐 같이 날쌔게 가는 너의 뒤를 따라
타조같이 허둥지둥 뜀박질하는 우스꽝스러운
할미의 꼴! ㅋㅋ 우리의 행동거지가
몰래 카메라에 걸렸다면? ㅎㅎ
둘이 보다가 하나가 죽어도 모를 만큼
배꼽이 빠졌겠다, 그치?

2부

혼자서 다 하네?

맘마는 "마마"라 하고
안경은 "아경"이란다

신발을 코앞에 디밀며
아가, 이건 뭐지?
"시발"

엽서

‘나비야나비야이리날아오너라’ 노래하면
두 팔을 휘젓고

‘산토끼토끼야’ 노래하면
두 손을 눈에 대고

‘송아지송아지’ 노래하면
두 손을 허리춤에 대고

‘곰세마리한집에있어’ 노래하면
두 손을 볼에 대고

‘쎄쎄쎄아침바람찬바람에울고가는저기러기
우리선생님계실적에엽서한장써부쳐서’ 를 노래 할 때
아기의 왼손바닥을 펴서 엽서로 만들고
오른손 검지를 연필 삼아 글을 쓰는 흉내를 냈더니
간지럽다고 깔깔 대며 숨이 넘어가듯 좋아하는 아가야
네가 너무 웃는 바람에 혹여 허파에 바람이라도 들까봐
못다 썼지만 우리 그 엽서 들고 빨간 우체통에 넣으러 갈까?
시방 나가볼까?

도서관에서

우리 아기 난생 처음 도서관에 갔다
책장에 꽂혀 있는 책을
한 권씩 한 권씩 참 부지런히도 나른다

책상 위에 책이 수북이 쌓였다
아가 이제 그만 갖고 오니라
그림 보면서 이야기 해 줄께

그림은 보는 둥 마는 둥
이야기도 듣는 둥 마는 둥
다음 페이지 넘기는 손에 불이 났다

책장 넘기는 재미만 붙었나
책장 넘기는 손놀림이 재빠르고 날래다
쯧쯧
우리 아기 염불에는 관심이 없고
잿밥에만 눈독 들였구랴

반항

바야흐로 여자도 지휘자가 될 수 있는
기분 좋은 시대가 도래하였나니!
우리 아기 장래에 지휘자가 되려나?
가늘고 긴 나무토막을 유별나게 좋아한다
오늘도 꼭 지휘봉 같이 생긴 것을 들고
공기를 지휘하며 좋아 죽겠다고 날뛴다
그런데 좋아하는 것 까지는 좋은데
막대로 땅을 후벼 파서 그 끝을 입에 댄다
입에 넣으면 배 아야 하니까 하지 말라고
하지 말라고 해도 죽은 자식 고추 만지기다

흙 묻은 아기의 입을 검지로 막대인 양 때리듯
야단치며 톡톡 쳤더니 빤히 보면서
보란 듯이 한 번 더 한다. 아니? 벌써?
반항심이? 우리 아기 못 말리게 조숙하네?
품위 있고 멋진 지휘자가 되는 것 시간문제네?

아가! 내가 존경하는 거장이란 호칭이 붙을 때까지?
하늘나라에서? 기다려볼까나?
제2의 김은선으로? 거듭날라나?

말문이 열리면 문장의 뜰로 가리

우주선 발사 성공하기를 기다리듯 했던, 우리 아기 드디어 나를 "하무"라더니 며칠 사이 리을 받침을 넣어 "할무"라고 하더니 금새 "할미"로 쏘아 올렸다.

아기 입에서 새로운 낱말 하나 나올 때마다 마음에 사무치는 한이 있어 의사가 했던 말이 목에 걸려 있어 성호를 그으며 공책에 적어 놓았다.

눈! 코! 입! 쌀! 콩! 빵! 한 음절의 찬란한 꽃잎들이 입을 열고 나오는 것 보고 있으니 벅차오르는 뭉클함이 더 이상 적을 수가 없다.

옥수수 알갱이가 금이 가면서 터져 팝콘이 되듯 활화산 같이 분출되는 말의 향연이 좋다. 소녀의 젖꼭지 같은 벚꽃 망울이 방긋 방긋 웃으며 벚꽃축제 때를 열 듯 꽃향기 진동하는 말의 향긋한 멀미가 좋다.

너무 좋은 것은 그저 주어지는 것 같아 그 가치를 모르게 될 까봐 원의를 기억하고 또 기억한다.

헤어스타일

공원 벤치에 아기랑 앉아 있는데
한 젊은 엄마가 똘똘하게 생긴
여자 아기를 안고 우리 곁에 앉았다.
사람 좋아하는, 그래서 인정이 철철 넘치는
우리 아기는 그 아기더라 "아가 아가" 하면서 아기를
어루만지면서 연신 "아가 아가" 하며 좋아했다

우리 아기는 16개월이라고 소개했더니
그 아기는 20개월 이란다
에게게! 언니를 아가로 불렀으니 실수했네?
그 아기에 비하면 우리 아긴 소녀티가 풍겼다
왜 그럴까? 걔 엄마가 그런다
헤어스타일 때문이라고?
오라! 그러고 보니 그러네?
우리 아기는 새까만 머리숱이 무성한데
그 아긴 갈색 머리카락이 매우 빈약했거든
ㅋ.ㅋ.ㅋ. 우리 여자들은 나이 들어 보이는 거
별로 안 좋아하는데?

횡재

우리 아기, 스프링 식으로 된 목마에
중딩 언니가 타고 있으니까
끙끙 앓는 소리만 했다.
양해를 구해서 태워 주었더니
아기는 양보해 준 언니가 너무너무
고맙다는 듯 연신 "아가 아가" 부르면서
감사의 마음을 한아름 안겨준다

우리 아기 아직 '엄마' 소리는 못하지만
'아빠' 소리는 똑 부러지게 잘한다
제 눈에 보이는 남자는 다 '아빠'라 부르고
여자들은 하나 같이 다 '아가'라고 부른다

티 없는 아가야! 정결한 아가야!
하늘에서 살고 있는 순진무구한
사람은 다 솔기 없는 옷을 입는다더라?
네가 바로 그런 옷을 입었구랴

엊그제만 해도 모든 사람은 다 '아빠'라고 통일해서
불렀는데. 여자와 남자를 구별할 줄
아는 것만으로도 횡재했네?

싫어

이 세상에서 첫째로 예쁜 우리 아기를
누가 둘째라고 하면 내가 서러워 할 우리 아기
요즘 제일 많이 쓰는 단어는 "싫어"다
심심해도 싫어
안 심심해도 싫어
자다가 잠꼬대도 싫어
싫어 소리를 입에 달고 산다.

앗싸! 두 음절을 연결하여
"싫어 싫어" 완강하게 표시도 한다

밥 먹을 시간이다
맘마 먹자!
"싫어싫어"

이를 닦아야 한단다
치카치카하자!
"싫어싫어"

잠 잘 시간이야
코– 자자!
"싫어싫어"

싫어하는 것만 골라서 하라는 할미도 싫어싫어!?
얼시구! "싫어싫어" 꽃잎을 마구 흩뿌리고 다니면서!
저절시구! 날 잡아 보라고 용용 죽겠지 하고 약 올린다!
요! 요! 요놈아! 나는야 안 싫어! 아니 못 싫어!

신발

신통방통 해지는 우리 아기 날로 달로
인지 능력도 발달하고 발음도 발전한다

맘마는 "마마"라 하고
안경은 "아경"이란다

신발을 코앞에 디밀며
아가, 이건 뭐지?
"시발"

하하호호 히히허허 쿡쿡킥킥
온 식구의 웃음소리 질펀하다

아가야 우리 어른들의 사상은
상당히 불순하지?
못 쓰겠지?

비행기

우리 아기랑 바깥에서 놀 때
비행기를 보라고 하면
고개를 쳐들고 하늘을 봤는데
집안에서 비행기 소리 날 때
비행기 가는 것 보라고 했더니
왜 자꾸 아래만 쳐다볼까?
땅 위에서의 하늘과
아파트 27층에서의 하늘의
위치는 서로 다른가?
하하하 멀리서 높이 가는 비행기를
눈 아래서 찾고 있는 우리 아기 혜안 좀 보소

할머닌 등을 방바닥에 대고
누운 채 두 다리를 올려
발바닥 위에 아기의 배를 대고
공중으로 쳐 들어서 비행기 태운다
비행기 노래로 신명을 줬더니
벌어진 입이 귀에 걸린다

떴다 떴다 아가야 날아라 날아라
높이 높이 날아라 우리 아가야

혼자서 다 하네?

우리 아기 이제는 혼자서 제법 노네? 뭘 하고 있나 하고 따라 다니며 곁눈질 해 보니 상자에 있는 카드를 뺐다가 넣었다가 가방에 있는 기저귀를 뺐다가 넣었다가 어느새 안방 서랍장 앞에서 옷을 꺼냈다가 넣다가 공부방에 가서는 필통 속에 있는 볼펜 뚜껑을 뺐다가 꽂았다가 하더니 급기야 부엌으로 가 싱크대 장을 열어젖히고 냄비를 꺼냈다가 넣었다가 한다. 일 년 전에 했던 놀이 '없네 있네' 후 속편을 하고 있네? 작년에는 할머니랑 눈 마주치며 제자리에 앉은 채 자지러지게 웃기만 했던 놀이 지금은 싸돌아다니며 사물이랑 단독으로 하고 있네? 그새 감독이 되어 기획도 짜고 연출도 맡고 연기까지 혼자서 다 하며 스타가 되었네?

민들레

작으면서도 갖출 것은 다 갖추어 귀엽고 깜찍한
민들레꽃과 같은 우리 아기에게
민들레 씨앗을 불게 해 보았다
날기는커녕 되래 아기 입에 달라붙었다

손으로 털치기를 해 보라고 했다.
씨앗을 손으로 치니까 날아가는 것이
저도 둥둥 나는 기분 인지 황홀해 보인다

아가! 네가 날려 보낸 그 많은 씨앗들!
작고, 보잘 것 없고, 힘없는, 것들이
네 사랑의 힘에 의해 바람을 타고
산을 넘고 바다를 건너 제 살 곳을 찾아서
뿌리 내리고 제 몫의 꽃을 피우겠지?

아가! 아까 민들레를 찾으면서 불렀던
'길가에민들레도노랑저고리첫돌맞이우리아기도
노랑저고리아가야방실방실웃어보아라. 민들레야
방실방실웃어보아라.' 이 노래
내년 이맘때도 꼭 함께 부르자꾸나

개미

우리는 개미잡기를 했다
아기는 무릎을 꺾어 쪼그리고 앉았고
나는 무릎이 아파 허리만 굽혔다

소 뒷걸음질로 쥐 잡는 격이다
개미를 따라갈 수 없는 아기는
무르팍으로 기어 다니며 잡기에 여념 없다

기력이 다하고 맥이 풀리는 것 아닐까
혹여, 허탈이 스치고 가는 것은 아닐까
죽어도 안 잡히는 걸 보고 있으니 안달복달이다

아기는 제 꿈과 염원을 향해
쫓아가 보려는 몸짓 같아 안쓰럽다
굽힐 수 없는 의지 같이 보여
찡한 가슴이 한 마리 잡아서
아기의 손바닥에 올려 주었더니
개미의 세계를 탐구해
보기도 전 어디로 갔을까?

고놈! 참 날래게도 빠르다 그치?
아가! 고생되어도 우리 한 번 더
도전해 볼까? 아님 그냥 집에 가?

쪽 팔렸지?

불면 꺼질까 쥐면 터질까 하는 우리 아기
요즘, 제 눈에 보이는 여자들은
다 하나 같이 '아가'로만 보이나 보다
지나가는 아주머니를 보고 반갑다고
"아가 아가" 불러 그녀의 걸음을 멈추게 했다

아가! 달음박질 할 때
왜 고개를 숙이고 허리를
꼬부랑 할머니처럼 해서 달리니?
뛰다가 앞으로 고꾸라질까 봐
마음 졸였는데, 안 넘어지고 잘도 가더라?
혹시, 쪽 팔려서 그랬던 것 아니니?
아주머니를 '아주머니'라 못 부르고 '아가'로
불러놓고 보니 모골이 송연했지?

상

아기에게 밥 잘 먹었다고
내가 좋아하는 유과를 상으로 준다

몇 개 줄까?
…
두 개를 줘도
하나만 가지는 아기

나는야 두 개를 다 받은 뒤 더 없느냐고
왜 이것뿐이냐고 할 텐데…
아가야 돈을 하늘만큼 줄께
나에게 팔아라
네 마음 사고 싶구나

이기적이고 사악한 생각에 잡혀 사는
나는 언제 상 한 번 받을 수 있을까
아기 맘 같은 생각을 삶의 열망으로 채운다면 될까
아니, 이것도 저것도 아닌 것 다 버리고 비우면 될까?
그래 맞아! 나를 못 살게 구는 나를 내려놓고
손쉬운 사람이 된다면?
눈부신 나의 아기하느님! 저에게도 상 주실거죠?

하모하모*

우리 아긴 할아버지를 부를 때
"하부지 하부지" 하는데
내 귀엔 아부지 아부지로 들린다
그래? 아버지?
엄마의 아버지이니 틀리지는 않네

우리 아긴 할머니를
"하머니 하머니"로 하는데
내 귀엔 하모니 하모니로 들린다
그래? 우린 조화롭게
일치하니까 맞네

하모하모
니 말이 백 번 맞으니까
니 말은 금강경이렷다!

*하모하모 : 그래 그래 맞다 맞다(경상도 방언)

넋 놓지 말기

아가! 비 온 뒤의 놀이터는 온통 젖어 있지만
세수한 뒤의 상쾌함으로 돋보였지?
삽으로 흙을 파면서 놀게 했구나
어제의 마른 흙과 오늘의 촉촉한 흙이
어떤 느낌으로 스며들어 왔니?
기대할 수 없는 답을 기다려 볼 때
네만한 아기가 엄마랑 우리 곁으로 왔지?
넌 그 아기를 넋 놓고 보고 있더니
그 아기가 갖고 있는 물병을 뺐더구나
너의 물병을 가방에서 꺼내 줬지만
내 것은 싫고 남의 것만 탐하더라?
내 떡은 작아 보이고 남의 떡은 크게 보이지!?
살다 보면, 내 모습은 초라해 보이고
상대는 근사해 보일 때가 있을 게야
주눅 들지 말고 헛된 생각에 넋 놓지 말고
남들이 다 한다고 따라 하지 말고
식별할 수 있는 지혜를 가졌으면 좋겠구나

그 꼴이 뭐꼬?

아가야 네가 말이다
15도 정도의 경사진 곳으로
올라갈 때는 기계체조선수처럼
가뿐이 잘도 올라가 놓고
내려 올 때는 왜 그랬니?
생각할 틈도 없이?
자존심 구기고
무릎을 꿇고
뻘-뻘-뻘-뻘-
기어서 내려오잖니?
오만 사람이 다 하-하-하-하-
성장한 숙녀 체면 다 구겼네?
상놈도 그렇게는 안 한다!
양반 꼴이 그게 뭐꼬
양반은 물에 빠져도 개헤엄 안 친다더라

유도해 보다

높은 곳에 앉혀 놓으면 겁을 먹는 우리 아기, 앉지 말고 서 있어 보라고 권해도 주저앉는다. 담력 키워주고 싶어서 높은 곳에 있을 수 있게 유도한다. 혹 고소공포증이라도 있다면? 면역력도 생길 수 있겠지? 사방을 훑어보는 식견도 생기겠고 시야가 넓은 사람이 되길 바라며.

터뜨려 본적도 없는 풍선을 무서워하는 우리 아기, 풍선을 불어주면 도망가기 바빠 풍선과 놀 수 있도록 유도한다. 색동 리본으로 묶어 흔들면서 율동과 함께 '날아라새들아푸른하늘아달려라냇물아푸른들판을오월은푸르구나우리들은자란다' 노래를 부르며 마음과 힘을 쏟아 부어서 실어주었더니 반응이 엄청 좋아졌다. 그러고 보니 우리 아긴 다분히 문학적이고 음악적이네? ㅎㅎ 보는 이의 시각에 따라 해석도 다른가?

풍류

여섯 살 은솔 언니, 처음 만난 우리 아기. 언니 소유의 장난감을 제 것 인양 손도 못 대게 하는 것 좀 보소. 언니가 갖고 있는 것은 무조건 뺐고 언니가 살짝 만져만 봐도 매몰차게 뺏기만 하니 언니의 억하심정 그 누가 알아 주것소.

저도 아직 어린디 참고 참고 또 참는 인내심도 한계가 있는 법인디. 게임이 안 되게 해도 해도 너무 하는 동생 때문에 언니의 왕짜증이 모락모락 피어오르고 있소.

분위기 바꾸는 데는 우리 가락이 최고! 아기를 얼른 들쳐 업고 들까불며 '날좀보소날좀보소' 밀양아리랑을 선창했더니 언니와 동생이 '동지섣달꽃본듯이날좀보소'

풍치를 찾아 즐기며 멋스럽게 놀아보소. '바람이분다바람이분다연평바다에봄바람분다' 군밤타령을 뽑았더니 언니는 판소리용 큰북을 신명나게 두들기자 아기는 북채를 뺏어 뒤죽박죽 내려치고 있소.

언니가 급물살을 타고 소고를 치고 있으니, 동생은 소고 채를 뺏어 심술 사납게 더 세게 치고 있을 즈음 재치 있는 언니는 캐스터네츠를 치면서 플라밍고를 추고 있는가 했는데 슬기로운 언니는 뺏기기 전 잽싸게 놓고 피리를 집어 불며 휘모리로 앞서 가고 자진모리 동생은 목탁을 치면서 언니 뒤를 따르고 있소.

큰북을 중심축에 놓고 중중모리는 진양조로 동그라미를 그리며 언니의 짜증도 동생의 용심도 시나브로 가락에 맞게 흘러가고 있소. '너영나영두리둥실놀고요낮에낮이나밤에밤이나' 의좋고 다정스런 두 자매의 '참사랑'을 좀 보소.

심술대장

아가! 네 소유의 동물 농장에 살고 있는 걔들 안녕한가?, 오늘도 이름 부르며 출석 점검 했니? 그런데 내 마음에 드는 펭귄 하나 슬쩍 만지면 못 만지게 하더라? 오기가 생겨 한 번 더 만지면 너는 앙살궂게 단숨에 뺏더라? 네 선망의 아이스크림 같은 말로 간이라도 빼줄 듯 너를 꾀어 겨우 허락 받은 캥거루를 안고 뽀뽀하면 넌 인정머리도 없는 후레자식 같이? 뺏어가더라? 에이 씨, 나도 뺏기기 싫어 힘껏 두 팔로 껴안고 있으면 너는 뺏으려다 힘이 부치니까 흥분하면서 이상야릇한 소리를 내더라? 사자를 뺏을 땐 사자 소리를 원숭이를 뺏을 땐 원숭이 소리를 내며? 우린 뺏고 안 뺏기려는 쟁탈전! 완전 동물이 되어 공격과 수비는 철저했지? 이러다가?하필이면? 우리 월드컵 본선 진출하는 것 아냐?

내게서 뺏어 간 동물들을 가슴에 품다가 네 작은 품으로는 세 마리 이상 벅차니까 뺏자마자 멀리 휙— 던져 버리더라? 요 폭폭한 녀석아! 못 먹는 밥에 재나 뿌리겠다고? '호박에다말뚝박고똥누는놈주저앉히고우는애기발가락빨리고비단전에물총놓는' 놀부! 심보 빼 닮았네그랴.

귀여운 것아

딸아이가 복직하기 수 주전부터 엄마는 회사에 가야 하므로 할머니 집에서 살아야 한다는 것을 세뇌시키듯 교육한 뒤 현장 체험 학습까지 마친 뒤, 오늘 내 집에 아기는 이사 왔다.

어미란 게 뭔지 '다섯 밤만 자고 나면 데리러 올게' 하고 나에게 제 피붙이를 맡겨 놓고 간 딸아인 발걸음이 안 떨어진다고 다시 들어왔다. 아기와 눈높이를 맞추기 위해 무릎을 꿇고 엎드려 '다섯 밤만 자고 나면 데리러 올게' '다섯 밤만'을 목메게 강조하며 대문을 나서는가 했는데 도무지 발걸음이 안 떨어진다고 다시 와 아기 앞에 납작 엎드려 아기의 두 손을 잡고 있다.

아기를 떼놓고 가는 어미는 보통 모질고 독하지 않으면 안 될 것 같다. 문을 닫고 제 갈 길을 가지 못해 다시 오기를 몇 번이나 되풀이 하는 어미의 넓이와 높이와 깊이의 태가 참으로 참하다 나약하게 보이는 마음이 존엄하고 거룩하게 보인다.

애간장을 끊는 듯한 절절함이 배여 있는 내 새끼가 새끼를 낳아 새끼를 떼어 내야 하는 기로에 선 상황은 울컥하지만 미소도 동반했다. 요로코롬 어미의 존재는 아름답고 고귀한 것! 요 귀여운 것이 천상 어미는 어미로다.

생이별 2

아가! 할미에게 너를 닷새 동안의 양육을 부탁하고 떠난 엄마가 네 눈 앞에 안 보이는 네게는 마른하늘의 날벼락이지? 이 대사건이 아무 이상 없이 잘 살아 오던 일상이 공포로 돌변했지? 안락하게 누렸던 행운이 불운으로 덮치는 바람에 절벽에서 떨어진 것 같지?

아가! 뼈만 성하면 사는기라 전부라고 생각했던 전부가 전부가 아닌 일부라는 것만 명심하면 되는기라 우리들은 살면서 사소한 것을 사소 하지 않다고 생각하는 게 문제인기라 행과 불을 판가름하는 것은 엿장수 맘인기라 생은 마음 먹기에 달린기라

아가! 할미를 믿고 그냥 살면 되는기라 열심히 오늘을 살고 하루를 성실히 보내면 어제와 다른 내일이라는 선물을 받을 수 있는기라 그 선물 차곡차곡 쌓이면 쥐도새도 모르는 날 너를 독차지 할 행복이 후리지아꽃을 들고올기라

아가! 살아 내고 보면 디딤돌은 다 걸림돌에서 생겼다는 것을 알게 될 껄?

*생이별 1은 『하루 별이 모여서 1』 편에 있음

뜨겁지만 서늘한

아가야! 장마 끝나니 불볕이다
새카맣게 타 들어갈 것 같지 않니?
39도! 대한민국의 여름앓이 독하다
내일은 40도에 육박할지 모른다는 소문이다

우리 아기 아랫도리가 시뻘겋게 익어있다
얼마나 따갑고 쓰라릴까?
기저귀를 벗겨 화풀이 하듯 집어 던졌다

까마귀 날자 배 떨어졌다
얼씨구 돗자리에 오줌 갈겼다
절씨구 한 눈 판 사이 똥 한 덩이 왔다

아기는 모르는 걸까 못 느끼는 걸까
제 얼굴을 화끈화끈한 내 얼굴에 비볐다
체온끼리 서로 문지르니 열불은 나지만
사랑의 온도란 유효적절한가 보다
알맞은 적정 온도로 변한다

거울 앞에서

아가! 회사 가서 돌아오지 않는 엄마 아빠도
보고 싶은데 할머니 집에서의 잠자리도
낯설고 하니까 몸도 마음 따라 불편했지?

애를 쓰고 속을 태우며 겨우겨우 11시에
잠든 아가야. 이 세상에 있는 모든 생물
집채만 한 코끼리도 깨알만한 거미새끼도
깊이 잠든 야반에 너는 깨어 울었구나

정화수를 떠 놓고 백일 불공드리듯
108배 하는 마음으로 다시 너를 재워놓고
내 방으로 와서 눈 붙일 새 없이 또
문을 두들기며 울었구나 울었구나

혼곤한 마음은 명상하듯 관상하듯
혼신을 쏟아 부어 또 다시 재워놓고
내 방으로 와서 거울 앞에 섰구나
충혈 된 눈동자에 너의 집에선 아홉 시간을
논스톱으로 자던 네가 있구나
공든 탑 무너지는 소리 혼돈이구나
침묵한 거울은 고독한 영혼이구나

결혼식 사진

복직을 한 엄마 때문에
할머니랑 함께 사는 우리 아기
말은 못해도 엄마 아빠가
무지무지 보고 싶은가 보다
하도 만지작거려서
구겨지고 모서리가 흠집이 난
결혼식 사진을 들고 와서
오늘도 "엄마 엄마" 하면서
손가락으로 사진을 톡톡 두드린다
가슴 아픈 네 음절!
내 귀에는 엄마 엄마 소리가
회사 회사 하는 소리로 들린다
엄마는? 하면 "회사"라는 말이
동시통역처럼 나오기 때문이다
낮에 유난히 회사 소리 많이 한 날은
잠들기 쉽지 않고 밤에도 어김없이
두세 번씩 깨어 문을 두들기며 운다
올커니!, 우리 아기 '두드려라 열릴 것이다'라고 하신
예수님의 말씀을 기억하고 있었구나

오줌 누는 새 십리 간다

잠이 턱 없이 부족한 아기를 위해
노루잠 일지언정
오늘도, 낮잠 재우기를 일 순위에 둔다
낮잠 재우기는 맨손으로 미꾸라지 잡기다
안 자려고 요리조리 빠져나가고
요구 사항이 하도 많아 치닥거리 다하고 나면
어깨 힘이 빠져 숟가락 들 힘도 안 남는다
잠을 재워 볼 계략으로
아기에게 잘 보여 점수를 따 볼 요량으로
아양을 부리듯 아기가 좋아하는 노래를 불러줬다
연속으로 한 스무 곡쯤 불러줘 봐도 기별이 오기는커녕
들을 때는 긴가민가하더니 듣고 난 뒤는 마치
똥 누러 드는 놈과 나는 놈 다르듯 완전 쌩깐다
안면박대하기 식은 죽 먹듯 하니
내면은 부글부글 널을 뛰는데
어라? 오늘은 노다지를 캤구랴

가까스로 말문이 트인 우리 아기 가는 날이 장날이었나? '구시렁구시렁중얼중얼뭐라고뭐라고 주문인 듯, 염불인 듯, 독백인 듯, 랩인 듯 당최 알아들을 수 없는 소리를 하는가 했더니 오줌 누는 새 십 리를 갔네? 오라 장에 들어서자마자 잠재우는 마력의 요정을 만났던 모양이다.

3부

아빠 오시는 날

어화둥둥 내 사랑아 '이히히 이히히'
내 사랑은 몸을 키처럼 까부니까 숨이 차서
내려 놓으면 "할머니 할머니" "또또" 한다.
"또또"는 언제 어디서 어떻게 배웠을까

김치

우리 아기 김치를 엄청 좋아한다
김치는 짜니까 밥하고 먹어야 된다고
'동해물과-백두산이-마르고-닳도록-'
일렀건만 밥은 NO 김치만 OK다

너랑 이제 거래 못하겠다
이런 흥정 어때?
엄마가 하던 식!
밥 한 번 먹어줘야만
김치를 주는 걸로 할까?

오라! 밥 위에 김치를 얹어주는
할미의 옛날 방식이 고리타분했다고?
쌈박한 엄마 식이 쿨하다고?
그래 쿨하니까 쿨하게 먹어만 준다면야
하산해도 되겠네?

나무아미타불

우리 아기 한사코 반찬만 먹으려고 한다
밥을 주면 입을 다물거나 고개를 돌린다
한 술 더 뜨는 우리 아긴 밥을 주면 손으로 으깬다
끼니 때마다 저도 나도 신경이 곤두선다
저는 안 먹으려고 용을 쓰다가 진을 뺄 테고
나는 먹여보려고 사투를 벌이다 녹초가 된다

천하 없이도 사람의 속에는 곡기가 들어가야 하거늘
우리 아기 밥 한술 먹여 보려고 애면글면 애쓴 끝에
좋아하는 김에 밥을 싸서 주었다
나무아미타불!
관세음보살!
김에 싸인 밥을 펼쳐서
일일이 밥알을 다 떼어내고 있다
아이구 무시라 우리 아긴
너무 뜨겁다

수호천사

우리 아기 보다 6개월 위인 호윤이 집에 놀러 갔다. 우리 아기의 장난감은 소쿠리 두 개에 담아 놓은 것과 비교가 안 될 만큼 장난감 호수였다. 두 아기는 호수에 보트를 띄워 놓고 유유히 노는 것을 3~4m 정도 떨어져 있는 소파에 다리를 꼬고 삐딱하게 누워서 보고 있었다.

장난감 보관대가 어른 키 높이의 나무 책장처럼 거대했다. 우리 아기는 새아씨처럼 앉아 있었고, 서 있었던 개구쟁이 오빠가 책장을 잘못 건드리는 바람에 책장이 넘어지면서 우리 아기를 덮치려는 순간을 목격했다.

눈에 뵈는 게 없었던 모양이다. 나는 나도 모르게 찰나의 비호가 되었던가? 나의 혼비백산은 수호천사와 동시에 아기를 물어서 내던졌다.

궁지에 몰려 무사할 수 없게 된 막다른 처지의 장소에서 비켜난 졌던 그 어떤 절대의 기운! 항시 아기의 머리 위에서 뱅뱅 돌며 아기를 보살피고 있었던 수호천사의 존재는 아기의 재난에 없어서는 안될 인물이다.

모기

귀신 곡 할 노릇이다. 살충제가 박멸 한 줄 알았는데 내성이 생겼나? 아니면 나를 조롱했나? 우리 아기 모기한테 습격당해 부아통이 터진다. 내 탓인 것 같아 미안해서 어쩌지. 애지중지, 제 엄마 보면 면목 없어 어쩌지.

눈썹 위에 한 방, 눈 밑에 한 방, 이마 중앙에 한 방, 빰에 한 방 턱 쪽에 한 방 '사과 같은 예쁜 얼굴'에 회를 쳐놨다. 이 놈의 원수를 어떻게 갚지?

손가락에 팔에 어깨에 허벅지에 종아리에 벌겋게 부어 오른 것을 보며 이를 갈면서 약을 발라 문질러 준다.

아가, 너희 집은 강남 고층 아파트라 모기 새끼도 없지만 할미 집은 강북의 산 아래 단층집이라 모기 식구들이랑 같이 살아야 한단다. 까짓 것! 헌혈 좀 했다고 생각하면 안 될까? 안쓰럽고 죄스럽구나.

전철 안 풍경 1

*

생애 처음 전철을 타 본 우리 아기, 뭐가 그리도 좋을꼬! 싱글벙글 입을 다물지 못하네 "싫어 싫어" 소리를 하도 많이 해서 정서 발달에 해가 될 까봐 "좋아 좋아"라는 말을 하도록 애썼는데 세상에 이런 일도 다 있네? 수도꼭지 틀면 물이 나오듯? 아기 입에서 막 새 나오네?

*

옆 자리에 앉아 계신 분이 귀염둥이라 하니까 금방 똑 부러지는 소리로 "귀염둥이"라고 따라 하니 네 음절을 단숨에 습득한 재수 좋은 날이네?

*

천장에 매달린 손잡이를 가리키며 "뭐야" 해서 손잡이라고 했더니 "손잡이"라 단박 발음하는 억양이 잘 여문 알밤 같네. 그런데 있잖아 전철 안에 손잡이가 없다고 가정해 볼까? 아가! 나는 너에게 손잡이 같은 할미가 되었음 좋겠고 너 또한 생의 벽을 넘어야 할 그 누군가에게 홀드*가 되어 줄 수 있음 좋겠구나.

*홀드 : 암벽등반에서 손으로 잡을 수 있는 곳이나 발 디딤이 되는 바위 모서리

바보 사랑

'아버지는나귀타고장에가시고할머니는건너마을아저씨댁에고추먹고맴맴달래먹고맴맴' 노래를 아기에게 친숙한 단어로 바꾸어 불러줬더니 눈이 반짝반짝 호기심 만발한 채 자꾸 매미소리만 흥얼거린다.

아기가 부를 줄 아는 노래를 손꼽아 보니 쉰 곡쯤 된다. 동요를 몇 번 반복해서 시간을 두고 불러주면 아주 잘 따라온다. 우리 아기 천재성이 있남? 음감을 타고 났다는 말 있듯? 어느 누가 두 돌도 안 된 아기라고 믿것냐? 한국의 모차르트가 여기 있네?

말도 할 줄 모르는 아기가 긴 문장의 가사를 어떻게 외우면서 노래를 할 수 있을까? 참으로 신비스럽다. 하느님은 무슨 재주로 요렇게 예쁜 아가야를 나한테 붙혀 주었을꼬? 요것이 어디서 왔을꼬! 나는야 갑자기 손주의 바보 사랑이 발작하였남? 대숲으로 들어가 외치고 싶다. '임금님 귀는 당나귀 귀'가 생각나서 자랑하고 싶은 입이 근질근질해서.

압권

우리 아기는 사람을 좋아해서 참 좋다
놀이터에 가면 놀이기구는 주변 풍경일 뿐
오로지 사람에게만 집중조명한다

어떤 엄마가 아기를 아장아장 걸리며
손잡고 오니까 우리 아기 얼굴에 웃음기가 번지면서
그들이 오는 쪽으로 마중 가 환영한다

우리 아기는 그 아기를 "아가 아가" 부르면서
연신 아기의 머리를 만지는 형상을 보아하니
칭찬하는 형국이고 또 아기 엄마를 "이모이모" 한다
그녀는 세상 어디에도 이보다 작을 수 없는
조막만한 아기가 자기를 다정하게 불러주니 탄복한다

우리 아기 그 모녀를 졸졸 따라다니면서
사돈집 잔치에 감 놓아라 배 놓아라 할 것처럼
애정과 관심의 끈을 놓지 않는데
먼저 가야 한다고 빠이빠이 하니까
보내기 싫은 마음이 손에 잡힐 듯
아쉬워하는 표정이 압권이다
아가야, 만나는 것은 우연이였지만
헤어지는 것은 필연이란다

통찰

우리 아기는 만나는 사람마다
할머니 존재를 알려주고 싶은지
잊지 않고 손가락으로 나를 가리키며
"할머니" 한다
물어보지도 않았던 상대방이
반응이 없으면 목소리를 한껏 높여
손바닥으로 나를 탁-탁 두들기면서
"있다 있다" 소리로 주지시킨다

사람 만날 때마다 목에 힘을 주며
상대방에게 인식시켜 주려고 하는
아기한테는 부끄럽고 송구스럽다
무슨 자랑이라고 제대로 갖추지 못하고
허물 많고 모자람 투성인데 소개할까?

막연한 생각 안에서 행동도 굼뜨고
기능도 어정쩡하여 허술하기 짝이 없는 이 할미에게
의탁하는 아기임에도 불구하고
아무것도 아닌 나의 실재를 꿰뚫어
나의 참 자아를 만나게 한다

아빠 오시는 날 1

아가, 닷새 동안 뼈 빠지게 일했던 너의 아빠,
직장일 끝내고 퇴근하는 금요일 저녁,
아빠가 너를 데리러 오셨지?

사위는 백 년 손님이라고
차릴 것도 없는 몸은 갈팡질팡
마음은 진수성찬으로 분주하네

아빠 오시면 살갑게 부르면서
아빠 볼에 뽀뽀도 해주라고 당부했건만
어색한 듯 뚱–하니 떫은 듯하네?

매일 밥 먹듯 봐야 할 아빠를
닷새 만에 보니까 생소했다고?

옛말에 눈에서 멀어지면
마음에도 멀어진다 카더라
아가야 단디* 해라이! 정신차리고!
할미는 잠깐, 잠시의 의자일 뿐이란다

*단디 : 조심하고 또 조심하라는 경상도 방언

후유증

일요일 저녁 아빠 품에 안겨 돌아온 우리 아기 쓸쓸히 아빠를 보내고 시무룩한 표정의 아기를 위해 기분전환 시켜보려고 무진장 애를 쓰고 속을 태운다.

꿈나라로 여행하기 위한 차비로 너를 업고 어깨가 빠지도록 자장가를 하염없이 불러줘도 잘 기미가 없어서 나를 맥 빠지게 만드는 아가야. 자정이 가깝도록 잠들지 못하는 너를 향한 몸과 마음 팔다리가 저려와서 돌아누웠더니 너는 돌아눕지 말라고 끙끙대며 내 몸을 바르게 눕히려고 용을 쓰는 네가 내 마음을 어지럽게 하누나.

노래를 계속 하라는 무언의 주문을 넣는 아가야 부채질로 박자 맞추며 열대야를 쫓아 보면 부채도 뺏어가고 땀을 눈물처럼 줄줄 흘리는 아가야. 머리를 신경질적으로 긁어대며 앉았다가 누웠다가 섰다가 온 방안을 구석구석 헤매는 불면의 몸부림이 안타깝구나.

아가야, 살아 낸다는 것은 이토록 힘들고 고달프기 짝이 없지? '인내는 쓰고 열매는 달다'는 옛 성현의 말을 되새겨 볼까? 인내에 깊숙이 들어가 보면 희망의 보금자리가 있단다 그 보금자리에서 위안을 얻어 달디단 열매를 먹는 꿈으로 한 번 버텨 볼까?

어디가 좋을까

아가야 오늘도 36도까지 오른다니 어디로 피서 갈까
오늘도 어제처럼 홍제천변으로 갈까?

물가에 앉아 돌멩이 던지기에 재미 붙은
우리 아기에게 돌 주워주기 눈코 뜰 새 없네
수요가 공급을 따라가지 못해 야근하게 생겼네

돌을 줍고, 건내고, 받고, 던지는 내내
'물'이 들어가는 노래를 구성지게 불러주면서
아기 얼굴 표정 보는 재미도 쏠쏠하네

'졸졸졸 시냇물아 어디로가니
강물따라 가고싶어 강으로간다
강물아 흘러흘러 어디로가니
넓은세상 보고싶어 바다로간다'

아기야 더운날엔 무엇을할까
물가에서 돌던지기 재미가좋지

아가야 물가에서 뭐하고있니
돌멩이가 웃는소리 귀열고있지

홍제천

아가! 하늘에서 내려준 물을 봉우리 봉우리들이 받아 모아 뒀다가 목마르지 않을 만큼씩만 흘러내려 보내준 삼각산이 주는 선물 받으러 가자.

코딱지만 한 애벌레가 꼬물꼬물 하는 것 보고
부전나비가 나폴나폴 날아가는 것 보고
비둘기가 절름절름 거니는 것 보고
까치가 폴짝폴짝 뛰어와 마른 지렁이 쪼는 것 보고

아기 손가락만한 아기 붕어가 올랑올랑 하는 것 보고
어른 종아리만한 잉어가 도도히 가는 것 보고
엄마 뒤를 졸졸 따라가는 아기 오리도 보고
왜가리가 물고기를 잡아 아구아구 먹는 것도 보고

강아지풀 뜯어 간지럼 입혀 보고 애기똥풀 꺾어 손톱에 노랑물 들여보고 잘디 잔 것도, 덩치 큰 것도, 하찮은 것도, 거창한 것도, 달콤한 것도, 쓰디 쓴 것도, 우쭐거리는 것도, 기죽어 있는 것도, 눈에 잘 띄는 것도, 눈에 잘 띄지 않아 숨어 있는 듯한 것도, 다 함께 살아있는 참 좋은 홍제천!

이 닦기

하루 이 닦기 세 번 잘해 달라고 딸아이의 부탁도 부탁이지만 짐승이 아닌 이상 피해갈 수 없는 일이므로 실행해 보려고 해도 해도 난감해서 매우 난처한 입장이다.

해야 할 과제가 어렵고 싫으니 바람을 세차게 불어서 나그네의 옷을 벗겨 보려던 그 바람이 되어 봐?

아가! 세 번의 양치질은커녕 그냥 물로 입을 헹구어 음식 찌꺼기라도 뱉어내자고 두 손을 싹싹 빌며 말해도 방귀같이 여긴다. 할미가 해줄게 입을 벌려 보라 해도 입을 야무지게 다문 채 딴청 만 부린다.

스스로 옷을 벗게 하는 햇볕이 되어봐? 줄줄이 사탕을 줄 듯 달콤하게 유혹해 봐도 호응의 반대편에 서 있는 얄미워 죽겠는 아기에게 소태맛을 줘 봐?

불호령을 해도 으름장을 놓아도 똥개는 짖어도 기차는 간단다. 푼수 같은 할미는 어느 천 년에 요령 있는 육아 기술자가 되겠나. 숙제에 매달려 해갈 밭을 매던 하루해는 바람도 가고 햇볕도 간다 했더니 아긴 고래 울음으로 맞짱 뜬다.

전철 안 풍경 2

우리 아긴 웃음의 꽃봉오리를 바구니에 가득 담아서 승객들에게 골고루 나누어 준다. 웃는 아기 보며 미소 안 짓는 사람은 혹시 가면 쓴 사람? 아기가 어찌나 귀엽게 재롱을 피우는지 사람들은 웃음 사리를 머금고 눈을 떼지 못 한다. 아기 때문에 생전 처음 보는 사람과 마음 안에 있던 것들을 꺼내어 대화를 나누는 비경! 여기서 활짝 저기서 활짝 아기한테서 받았던 웃음 꽃봉오리가 터지는 소리 절경이다.

아기 옆에 자리가 비니까 아기에게 말을 걸어보려고 아기 곁에 와 앉는 사람 안아보고 싶어 하는 사람 가방을 열고 과자를 찾아 주는 사람. 주머니 속의 사탕을 꺼내주는 사람. 아기가 사랑스럽다며 무얼 주고 싶어 안달하며 저마다 마음의 주머니를 뒤져 덕담을 안기는 사람. 우리는 받은 사랑의 답례품이 수북이 쌓인 것도 모르고 내릴 역이 지나가는 것도 모르고 노출된 자유방임의 죄인 웃음을 선사한 아름다운 낭객.

어화둥둥

춘향가의 한 대목 '이리 오너라 업고 놀자'
소리하면, 우리 아기 내 등을 찾는다
나무의 매미같이 찰싹 달라붙으면 좋으련만
기분이 좋은 아긴 허리를 곧추세우고 신바람 탄다
등을 굽히면 굽힐수록 말 탄 자세가 나온다
내가 힘이 들수록 아기는 좋다고 까르르르
깔깔 웃는 것 보면 볼수록 힘이 나는 게
이 또한 무슨 조화일까?

어화둥둥 내 사랑아 '이히히 이히히'
내 사랑은 몸을 키처럼 까부니까 숨이 차서
내려놓으면 "할머니 할머니" "또또" 한다
"또또"는 언제 어디서 어떻게 배웠을까
애교덩어리 같은 아기의 "또또" 소리에
내 근육과 뼈마디가 녹아 들어갈 때마다
등은 자연으로 굽어간다
아기의 등과 할미의 등은 같이 놀지만 따로 논다

삶

아가! 길고 긴 여름 해
참을 수 없게 지루해
'방콕'만 할 수 없게 해
시원, 시원을 찾아, 찾아서
개처럼 혀를 빼물고
헉-헉- 싸돌아다니다
깨달음 하나 얻었지?

아가야, 이 순간들이 명료하게 보이지?
보이는 것은 다 지나간다는 것!
지나가는 것들이 밥 때를 만들 터
시련이 곤경에 응원을 보내면
동력이 될 게야
혹독한 것들이 여물게 하는 거름이란다
참고 견디는 것도 실력이더라
나를 밀어서 올리며 백두대간을
종주했을 때 그 실력이
무거운 배낭 대신 너를 태운 유모차를
앞으로 앞으로 밀며 밀며 오늘도 언덕 위에 있는
도서관으로 가는 길! 가풀막을 오른다

기도

아가, 우리가 생각 없이 만들어 놓은 일회용품을 편하다고 낭비하다 보니 온난화 개념을 넘은 선 지구가 대책 없는 몸살을 앓나 봐. 열이 점점 올라가니 해열제 먹여야겠지? 너 같은 아기였음 입을 벌려 억지로 먹일 수도 있겠는데 당산나무 같은 어르신에게는 어떻게 해열제를 드시게 해야 할 지 낭패 났네. 나는야 그냥 그냥 있다가 내일 가면 되지만 동에 번쩍 서에 번쩍하는 너희들 세대는 골머리 앓겠네? 천리 길을 한 걸음부터가 아닌 천리 길을 한 걸음으로 여기는 너희들은 고민하고 또 고민해야 할 문제네?

한 치 오차 없이 내리쬐는 햇볕의 담금질 소리에 아끼며 보호했던 것들이 혼절하며 녹아내린다. 아가야! 오늘도 생계를 잇기 위해 동분서주하는 사람들을 생각해 볼까? 배달하시는 분 폐지 줍는 분 열악한 환경에서 홀로 된 노인들과 노숙자들 위험이 노출된 노동 현장에서 막일 하시는 분 특히 비정규직 노동자로 일하다가 목숨을 잃은 김용균 삼촌 같으실지 모르는 분. 마음의 뙤약볕에서 타 들어가는 실업자들 이밖에 우리가 상상도 못하는 고통을 참아내고 있는 분들을 위해 잘 견뎌낼 수 있는 힘을 달라고 예수님과 부처님께 부탁해 보자. 네가 부탁하면 꼭 들어 주실 게야. 아가, 이 세상에서 가장 아름다운 기도는 전혀 모르는 사람을 위한 기도란 것 아니?

연일 폭염주의보가 내린 2018년 어느 한 여름날에…

피아노

우리 아기 피아노가 억수로 고팠나?
라디오에서 음악이 나오면 무조건 "피아노" 하고
서양음악이 아닌 국악이 나와도
"피아노 피아노" 소리만 연거푸 한다
라디오에서 아는 우리 가곡이 나와서
따라 부르면 자꾸 "피아노 피아노"
추임새 넣듯 "피아노" 소리만 되뇐다

안산 자락 길 야외 스피커에서 음악이 나온다
모래밭에서 쌀 한 톨을 찾은 듯
눈을 홉뜨며 "피아노"라고 외친다
듣기 좋은 꽃노래도 이 절까지 인데
집 나온 반나절을 후렴구까지 챙기니
할미는 살짝 지겨워진다
그만 집으로 가자고 피아노랑 빠이빠이 하자고
졸라 대도 "피아노 피아노"만 걸신들린 듯 부른다
모든 음악은 천의 얼굴을 가진 피아노로 통한다는 것 알고 있네?
엄마나! 피아노의 시인 쇼팽이 네게 윙크하네?

오! 오! 오늘의 아침은

밤 같이 껌껌해야 할 시각인데 여름의 새벽 다섯 시는 완전 낮이다. 이때 잠을 깬 아기를 다시 재우려면 하늘의 별 따기다. "할머니, 밤은 잠을 자기 위해 있다고 했잖아, 지금은 밤이 아닌데 왜 자꾸 자라고 해?"하는 것 같다. 알다가도 모르겠다는 아기는 그림책을 한아름 안기니 다시 재우기는 지나간 버스다. 와– 우– 여름 해는 새벽부터 깊어간다. 열 길 물속은 알아도 한 길 사람 속은 모르는 느낌이다.

그림책 이야기 해 주기로 시작하여 회전의자에 앉혀 노래 부르며 돌려주기, 사진첩 넘겨보며 설명하기, 달력 뒷장에 색연필로 줄긋기, 신문지를 머리에 둘러쓰고 까꿍놀이 끝내면 다시 신문지 짝짝 찢기, 책상 위에 올라가 난장판으로 어질러 놓기, 책꽂이 책 싹쓸이하기, 서랍장 속 파헤치기, 가방 속의 것 다 뒤져 헝클어 놓기, 라디오로 장난치기, 스위치 끄고 켜기, 책상 밑에 기어들어가 서다가 머리 부딪혀 울면 업어서 출렁거리기, 노래하면서 울음 달래기, 그냥 아무 볼일도 없으면서 지하실에 내려가 서성거리다가 올라와 보기 아기를 창턱에 세워 빨랫줄에 참새가 앉아 꼬리 흔드는 것 보기 위해 기다리기, 감나무에 까치 오기를 기다리기, 까악까악 까마귀 우렁차게 울며 가는 소리 듣기를 기다리기, 새끼 밴 고양이 꽃밭에서 왔다리갔다리 하다가 자리잡고 앉아서 두리번두리번 하다 꾸벅꾸벅 하는 것 보기를 기다리기, 새까만 아기 고양이 담에서 뛰어내린 장독 뚜껑에 앉아 우리랑 눈 마주치고 나면 진저리치는 것 보기를 기다리기, 건너, 건너 집 개 짖는 소리 기다리기, 또 다른 놀이가 궁해지면 처음 봤던 그림책 다시 펼쳐 아까 했던 이야기 엿가락으로 늘여 재구성해주기를 해도 해도 아침 밥때가 올 때까지는 유라시아 대장정이다.

배회

아침 아홉 시, 홍제천에 출근한 아기와 물가에 자리 잡고 앉았다. 갖고 온 준비물, 큰 바가지에 작은 컵으로 한정 없는 물 담아 붓기, 다시 물 퍼내기, 모래 모으기, 모래 한 줌씩 물한테 주기, 풀 잎 뜯어와 한 닢씩 한량없는 물에 흘려보내기, 물에 맨발 담그고 손수건 꺼내 조물조물 빨래하기, '퐁당퐁당돌을던져라누나몰래돌을던져라' 노래하며 돌 주워 던져보기, 간식 먹이며 흘러가는 개울물 쳐다보기, 오가는 사람들 구경하기, 하면서, 하면서 시간 지나가기를 기다린다.

우리 아기 시간 보내기 성적이 쑥쑥 올라가고 있을 즈음 몸 피가 굵은 한 남정네가 우리 곁으로 온다. 아기는 무서운지 내 품안에 달라붙어 껌처럼 떨어지지 않는다. 자리를 옮겨야 할 일진! 그늘을 찾아 찾아 '엄마 찾아 삼만리'처럼 간다. 꽃, 나비 벽화가 있는 다리 밑 하수처리장이지만 공간이 넓어서 좋다. 꽃노래 하고 나비춤 추며 비둘기 모이 주며 시간 끌고 있는데 오물 냄새가 바람 따라 전해지는 시간은 시계를 보게 한다. 점심먹일 시각, 아직이다. 고약한 여름 해는 배려심도 없이 제자리걸음만 하나? 서대문 구민 여러분! 아기랑 시간 보내기 딱 좋은 곳 어디 없소이까! 우리는 세상 어디에도 없는 불우이웃이 되어 시베리아 횡단 열차를 타고 있는 것 같다.

피리

내가 피리를 부니까 환하게 웃던 우리 아기 저도 불고 싶은지 입에 대어 본다. 피리가 기척도 안 하니까 괴리감이 생겼나? 사뭇 진지해진다 제 입으로 "삐리삐리" 오묘한 소리를 만들면서 체면을 세운다.

부는 법을 가르치며 입에 대 줬더니 짐작도 할 수 없는 짧디 짧은 외마디 비명에 제 정신이 뽕 갔나? 긴장했던 표정이 금세 풀어지면서 함박꽃으로 피어난다.

엄지손가락을 치켜세우며 다시 해 보라고 했더니 병아리 눈썹만큼 더 길게 났다. 마음이 뻥 뚫렸나? 몇 번 시도해 보더니 자신감이 생겼나? 가속 페달을 밟은 아기는 소리가 날 때 마다 성취감에 황홀하다.

소리가 안 나면 침 반 소리 반인 피리를 내 입에 대준다. 침이 흥건한 피리를 헝겊으로 닦아 아기의 입에 대 줄 때마다 휘영청 밝아 오는 소리. 초승달이 반달이 되었다가 만월이 될 때까지 다시 입에 대기 전에는 반드시 헝겊으로 닦는 시늉이 유독 눈에 간다. 하나를 가르쳤을 뿐인데 열을 안다.

전철 안 풍경 3

*

사람 좋아하는 우리 아기 세상 모든 사람들에게 뽀뽀해주고 싶어서 타고 오르는 사람마다 안녕! 내리는 사람마다 빠이빠이! 고사리 손으로 사랑의 비를 보슬보슬 준다. 무뚝뚝하게 말라 있던 얼굴 시들어 있던 마음들 좋아라고 아기가 뿌려준 단비를 맞고 촉촉한 웃음이 마음에 고였다가 눈을 타고 입으로 흘러내린다.

*

아기가 사랑스럽다며 아기의 재롱을 즐기다가 마음 몽땅 뺏겼던 분, 뺏긴 걸 찾지 못해 우왕좌왕하다가 내려야 할 역에 못 내렸는데도 우거지상은커녕 아기에게 뽀뽀해주고 싶은 마음에 벙글어지는 표정은 만사형통이다.

*

내면에 지니고 있는 순수의 보석 하나씩 꺼내어 손에 쥐어 주는 두 돌 안 된 아기에게 시선을 집중시키는 아기 때문에 전철 안은 마음 안에 꽁꽁 싸두었던 웃음보따리 터져 우리들은 본래부터 사랑을 주고받아야 할 사랑의 사람임을 재확인 한다. 태평성대다.

*

소통의 달인 같은 우리 아기 '아리랑'을 불러 오늘도 나그네인 승객들의 마음 안에 태어날 때부터 간직하고 있었던 황금 줄을 퉁겨 마음을 울려주니 무슨 대박이라도 난 듯 흡족한 표정 홍수났다.

*

아기가 없으면 웃을 일도 없는데 간만에 행운의 만석꾼이 되어 푸짐하게 웃고 간다며, 잡다한 생각에 가려서 보지 못했던 마음의 선물을 덤뿍 받고 간다며 총총 사라지는 우리 시대 법 없이도 살아갈 우리 착한 사람들.

기억하며 반성하기

아가! 먹는 게 남는 거란다
찜통더위를 견뎌 내려면
체력이 뒷받침 되어야 하거든
통상 겨울나기가 어렵다고 하지만
실은 여름 나기가 더 힘 드는 법이란다
숨만 쉬고 있어도 기력이 소진되거든
무엇으로 지탱하며 기댈 수 있겠니?
애걸복걸하며 한 숟갈 더 먹이려 해도
너는 의사 표시가 똑부러지네?
너를 사랑하는 권리와 의무로
한 번 더 먹여 보려고 했으나
앙 다문 입은 손으로 탁! 쳐버리는구나

먹기 싫은 것 먹으라고 하는 것은 고문과 진배없으리
도살장 가기 전 소에게 강제로 물을 먹여
거짓 무게를 올린다는 말 들은 적 있다
인간의 탐욕이 완력으로 해결했으리라
내 안에 깊이 들어가 보니 그쪽과 무엇이 다를까?
물을 먹고 '탁-치니 억-하고 죽었다'는 그 임!
대한민국 민주화의 한 획을 그어 놓고 떠난 그 사람
숙고해 보는 시간을 가지게 되누나

‘늑대가 나타났어요’

우리 아기 머리가 가려운지 긁고 나면 수세미가 된다. 지 엄마가 ‘피부가 지성이라서 자주 감겨줘야 된다’ 했거늘 난리 아닌 난리 한바탕 치러봐? 양이 늑대로 변하는 꼴을 봐?

양 같은 우리 아기 머리에 손을 대는 순간, 용트림이 시작되기 전 압박 붕대처럼 탄탄하게 안는다. ‘새야새야파랑새야’를 시조창 하듯 느리게, 좀이 쑤시도록 느려 터지게 소리하며 머리에 물을 바르고 샴푸로 비빈다. 세게 긁어주면 시원한지 눈을 스르르 감는다. ‘녹두꽃에앉지마라’까지는 양의 본분에 충실하더니만 ‘녹두꽃이떨어지면’부터 헹구려고 하면 늑대로 변해 식겁한다.

달래고 어르고 다시 석고 붕대처럼 감싸 안으며 귓가에 입을 바짝 대고 ‘녹두꽃이떨어지면청포장수울고간다’를 슬로우 비디오처럼 되풀이 하다가 하다가 더는 견뎌낼 수 없는 좀이 물로 샴푸를 씻겨내면 순하고 부드럽던 양은 순식간에 늑대로 돌변하여 할미를 문다.

‘늑대가 나타났어요’

동네방네 SOS를 친다

포옹

아가! 너랑 손잡고 놀이터네 있을 때
네 또래 남자 아기가 엄마 손잡고 왔지?
물 본 기러기 꽃 본 나비같이
그 남자아긴 너를 본 순간 첫 눈에 반했나 봐
너를 안아보고 싶어 한다고 걔 엄마가
통역을 하면서 네게 부탁했지?
너는 눈을 흘기며 무슨 새가 뒤집어 나르는
귀신 씨나락 까먹는 소리라는 둥
구시렁거렸지만 그 엄마가 또 한 번 더 부탁하니까
넌 두 팔을 그 아기 허리께까지
뻗어 감싸며 가슴을 밀착시키던
너의 포옹 장면, 백만 불짜리더라?
전대미문의 명장면이었어!
난처했던 선택의 결정에서 네 맑음이 향기로웠거든
문득 법정스님이 생각나더라?
그 분이 그러셨잖아!
'맑고 향기롭게' 살라고

4부

혼자 보기 아까운 장면

할미를 물로 여기던 우리 아기
할아버지 모시고 함께 먹었다
긴장한 것 보니 참깨가 서 말이다
어찌나 얌전한지 깨소금이다
씹은 것 뱉어내려고 어물어물 하는 사이
눈치 보며 짐짓 점잖아진다

이 처연함을 어이할꼬

한 주째 지속되는 폭염주의보! 닷새 만에 머리를 감기려면 한숨이 나오기도 전 나라를 위해 몸 바친 독립군 생각난다. 땀에 절은 너를 안고 감겨 보기는 한다마는…

아가, 어젯밤 깊도록 마음 졸였다. 너를 잡는 것 같았던 머리 감기기! 그 충격에 경기라도 일으킬까봐 밤새우며 노심초사했다. 새파랗게 질린 공포의 눈빛으로 숨이 멎을 것 같은 필사의 울음소리에 다시는 안 감기겠다고 수 차례 결심했어도 세상 헤쳐 나가는 일이 그리 호락호락하더냐. 네가 좋아하는 노래 백만 번을 불러줘도 백약이 무효더구나.

호소하는 눈빛으로 이육사의 '광야' 같은 시퍼런 소리로 절규하던 너 "할머니 할머니" 소리만 목 놓아 소리쳐 부르며 살려달라고 울부짖던 너의 몸부림! 결국 머리를 헹구는 것은 잔인한 짓이더라. 해서 원리원칙을 무시하고 널 해방시켜줬더니 할미 가슴을 두들기며 "할머니 있다 있다"만 연거푸 토하며 처연하도록 오래오래 서럽게 울었구나. 내 심장을 꿰뚫고 소용돌이치는 네 통절한 목소리는 내가 일본 경찰이 되어 고문했구나 싶었다. 독립만세 불렀다는 죄목을 덮어씌워 손톱을 빼는 고문을 당했을 유관순 언니가 내 가슴에 불도장을 찍고 있구나.

'번뇌는 별빛'이라

꿀벌이 꿀을 좋아하는 것만큼이나
우리 아기도 물을 무지막지 좋아 했다네
손이 팅-팅 불어 터지도록
물놀이에만 정신 팔고 있었다네

싫다는 머리 감기기 강제로 시킨 그 후
정신적 충격을 받았나?
'물' 소리만 해도 아찔한가?
기겁을 하고 도망가네
머리는 계속 긁어대기만 하고
땀범벅한 아기에게 쉰내가 나네
씻길 생각하니 마음은 천근만근
끈적거리는 괴로움이 몰려오네

육아는 사랑만으론 아득하네
어쩔까나 고비 사막을 건너야 하는 일!
꼭 씻겨줘야 하나?
안 씻겨 주면?
큰일 나나?
사람은 왜? 꼭 행복해야만 하나?
행복? 안 하면? 죽나?
'번뇌는 별빛'이어라

섬광

간만에 오만 정성을 모아 새로운 음식을 만들어 아기에게 기대에 차서 먹였더니 손사래 치며 거절한다. 아까운 마음이 뻔한 설교를 하며 하며 권유했더니 받아는 먹고 나서 꼭꼭 씹어서 뱉어낸다. 괘씸한지고! 내 정성을 묵사발로? 할미를 씹어서 뱉어내는 입을 탁! 때려줬더니 제 양손을 번갈아 가며 제 입을 때린다. 맙소사! 식은땀이 났다. 등골이 오싹한 정신은 잘못 했다고 즉시 두 손 모아 싹-싹-빌었다.

사람의 관계에서 의사소통이 잘 되려면 상대가 좋아하는 것 보다는 싫어하는 것에 신경을 쓰는 게 백 번 낫다고 한다. 아기의 마음 안에 들어가서 경을 친 나를 깊이 들여다 본다. 깜박깜박 잘하는 내가 또 실수했다. 사람은 죽을 때까지 공부하면서 깨우치다가 비로소 온전한 사람이 되어 죽음에 이른다.

육아는 순간의 빛으로 줄탁동시가 적용된다. 병아리가 안에서 쫄 때 어미 닭이 밖에서 쪼는 일이 동시에 일어나서 새로운 생명을 탄생시키듯 아기가 거부할 때 순간의 내가 실수한 것이 동시에 일어난 어떤 번뜩임이 보다 나은 바람직한 육아가 될 수 있지 않을까 싶다.

숨바꼭질

우리 아기 물을 싫어하므로 씻기기는 보통 어려운 숙제가 아니다. 골머릴 앓다가 작전을 짰다. 대야에 물을 떠 놓고 얼음 덩어리로 놀게 했더니 시간을 초월한 즐거움이 만연체로 녹아 없어져 비누로 대신했다.

시간이 갈수록 물은 뿌얘지고 불어터지는 비누랑 숨바꼭질 하는 아기는 미꾸라지 새 나가듯 미끌미끌 미끄러운 비누를 찾아 눈부릅뜨고 혼신을 다한다. 나아 갈수도 물러설 수도 없이 매우 난처한 술래가 되어 있는 아기에게 슬쩍 잡히도록 도와주었다.

대어를 낚은 낚시꾼 모양으로 환호성 지를 때 손뼉 치며 잘했다고 추켜세우는 순간 대어를 놓쳤다. 발을 동동 구르는 아기에게 그 녀석 어디로 숨었지? 능청을 떨면서 잡히도록 도와주고서는 온 세상을 다 얻은 듯 도취해 있을 때 쥐도 새도 모르게 숙제 했다 번갯불에 콩 볶듯 해치웠다.

키즈 카페에서

키즈 카페에는 세계 여러 나라 아기들의 인형이 있다. 난민, 이주민 다가가 보기를 연상하며 의도적으로 얼굴색이 짙은 갈색의 인형에게 뽀뽀하며 예쁘다고 안아 보면서 아기에게 너도 그렇게 해 보라고 줬더니 "싫어" 하고 내던지고는 백인 인형을 집어 안는다. 내 안에 숨어 있던 그 무엇이 화들짝 놀란다. 다가가 보기는커녕 다가오면 일단 주춤하고 내 몸이 사려지는 현상의 내 안의 유전자가 보인다. 난민, 이주민들의 상징인 그 인형을 본 아기의 행동거지에서 부탁하고 싶다. 아가! 부처님께서 모든 만물은 서로 기대며 살고 있으니 절대 홀로는 살 수 없다고 하셨거든!? 내 세대는 혐오내지 무관심으로 점철되어 있지만, 어차피 너희들 세대는 함께 살아야 되잖니? 그들과 어깨동무하며 입 안의 것도 꺼내 서로 나누는 사이가 되었음 좋겠구나. 자기밖에 모르는 사람은 편 가르기에 심하고 양극의 구분에 빠져 황폐해 진단다. 한 현자가 말했구나. '내면의 평화를 기도의 목적으로 훈련하면서 자비의 행위를 간과하는 것은 영적인 악행이다'고.

단어 문자로 즐기다

오늘은 금요일, 아빠가 오셨지? 아빠랑 어디로 갈꺼니? "엄마" 긴 문장, 복잡 미묘해지는 마음을 감추고 핵심만 말하는 영특한 우리 아기.

아가야 네가 좋아하는 것이 뭐지? "사과"
사과는? 하면 아긴 "맛있어" 한다
맛있는 것은? 하면 "바나나" 하고
바나나는? 하면 "길어" 한다
긴 것은? "기차"
기차는? "빨라"
빠른 것은? "비행기"
비행기는? "높아"
높은 것은? "백두산"

'백두산뻗어내려반도삼천리무궁화이강산에역사반만년대대로이어사는우리삼천만복되도다그이름대한민국'을 아빠 앞에서 우리가 합창을 했더니 놀란 아빠 입이 아침에 막 핀 나팔꽃 같았지? 곡을 붙인 현제명 어르신과 노랫말을 쓰신 이은상 어르신의 눈은 아빠 입보다 더 크게 벌어지는 것 봤지?

동자 스님 해?

아가! 할머니가 정성 들여 머리를 곱게 단장해 주면 너는 머리를 묶은 고무줄을 풀어 질겅질겅 씹더란다. 하지 말라고 충고해도 귀 담아 듣지 않고 마이**똥**풍이더라?

구슬 달린 리본으로 장식해서 더 예쁘게 머리를 만져 줬는데도 너는 구슬도 빨고 짓궂게 내 마음을 훼방 놓더라? 고심 끝에 쇠뿔도 단김에 빼라고 앞머리를 왕창 잘랐구나. 네 엄마한테 물어보지도 않고 내 마음대로 했다마는 맘이 고운 네 엄마는 놀라 자빠졌다가 머리카락은 계속 자라고 있으니 괜찮다? 하겠지?

아가야, 너는 머리 감기를 질색하니까 차라리 완전 바가지 머리로 할 걸 그랬나? 안 감으려고 울고불고 생난리 피우는데 차라리 동자 스님으로 해 드릴까요? 빙그레 웃으시는 부처님께서 네 머리를 찬찬히 쓰다듬어 주시겠지? 곁에 계신 예수님도 파안대소하시며 네 머리를 싹싹 비벼 주실 게야! 좋잖아!

발전인가 발견인가

우리 아기 세심하게 관찰해 보았더니
공책에 연필로 줄긋기 공부 다하고 나서
제자리에 갖다 놓기 시켰을 때
연필 통 먼저 갖다 놓고 온 뒤
다시 공책을 갖다 놓았는데
어라? 오늘은 공책 위에 필통을 얹어서 가네?
일취월장하는 아기 옹골차게 자란 우리 아기
꿩도 먹고 알도 먹겠네?

책은 그림은 안 보고 넘기기만 급급했는데
노래를 불러 주면서 고소하게 이야기해줘도
무조건 책장 넘기기만 고집했는데
오늘은 천지개벽이네?
다른 페이지는 안 보고 눈길 사로잡힌
한 페이지만 집중공격이네?
다음 장은 넘기지도 못하게 못 박는 우리 아기
임도 보고 뽕도 따겠네?

맘마

우리 아기 내가 부엌에서 일 할 때마다 장난감이란 장난감, 제 살림살이 도구 일체 부엌 바닥에 전을 펴 놓아서 발 딛고 이동할 수 없게 한다. 매달리며 안아 달라고 소리치거나 저랑 놀아 달라는 떼쟁이 선수였는데, 아가 오늘은 아빠 오시는 금욜이잖니? 그러니 맘마 만들어서 아빠랑 함께 냠냠하면 좋겠지? 그런데 너도 냠냠 만들어 볼래? 하고 부엌이 아닌 곳에 전을 펼쳐 놓으면 좋겠다 했더니 말귀 알아 듣고 거실마루에 전을 편다. 내 말을 따르니까 손잡이가 없는 무거운 상자를 들다가 갑자기 상자에 손잡이가 생긴 것 같아 보상을 받은 마음의 눈이 새롭게 뜨여 사랑이 더욱 충만해진다. 늘 상 눈을 맞추며 살아야 하는 우리 아기에게 아가 맘마 잘 하고 있니? 물어 보면 아기는 한시도 눈을 맞추지 않으면 안 되는 내 눈을 맞추며 그냥 웃기만 하다가 우리 아기 시방 뭐하니? 하면 “맘마”라고 한다. 오라, 너도 맘마 만들고 있구나! 달달한 칭찬을 줄기차게 한 이후부터 뭘 하고 놀든지 지금 뭐하니? 하고 물어보면 무조건 “맘마”라고 한다.

8월 14일

아가야! 오늘이 무슨 날인지 아니? 오늘은 말이다
일본군 위안부 피해자 기림의 날이란다
김학순(1924~1997) 할머니가 말이다
입이 떨어지지 않아서 말이다. 천지간에
절대로 말 할 수 없었던 비밀을 말이다
일본군에 의해 성노예로 살았던 사실을 말이다
"내가 살아있는 증거입니다"라고 말이다
1991년, 8월 14일, 최초로 공개 증언한 날이란다

할머니의 사진을 보면 말이다 우리 아기 같이 그분께서도
눈에 넣어도 안 아픈 아기였을 적 있었겠지?
그 아기가 어린이가 되고 어린이는 소녀가 되었겠지?
그런데 말이다 그 소녀가 말이다…

아가, 네가 소녀가 되는 중학생이 되면 말이다
학교에서 배우고 익히게 될 거야
그들이 진정 사죄하더라도 용서는 해도 잊지는 마라
그분들의 원통함을 상기해 볼 때
마음이 아팠던 기억의 세포들이 밑거름이 된 애국심으로
세계 평화를 기원해 보면 좋겠구나

배롱나무

사람들은 배롱나무를 멀리서 건성으로만 봄으로써 백일 동안 꽃이 피어 있다는 것만 알고 나무 백일홍이라고도 부르지만 자세히 드려다 보면, 주먹밥 속의 밥알처럼 잘디 잔 꽃송이 송이들이 질서를 지키며 피고 지고 피고 지고를 약 백일을 한다.

아가! 우리도 이 여름 석 달 열흘
백일을 견뎌 내느라고
배롱나무 꽃만큼 신경 곤두세웠지?
우린, 우리 나름, 인고의 세월을 샀지?
넌 엄마의 그리움의 눈물
난 육아의 지난함의 눈물
흘리고, 훔치고, 흘리고, 훔치고 하느라고
우리도 배롱나무 진배없지?

배롱배롱 배롱나무 꽃 한 번 봐 봐
네 연분홍색 눈물이 아롱아롱
내 진분홍색 눈물이 그렁그렁 하지?

처서

거짓말 같던 삼복더위 땀에 절었던 몸과 마음이 소금에 전 장아찌 같더니 처서 보낸 폭염도 뒷걸음질이다 오늘을 기점으로 걱정이 새싹처럼 돋는다.

유난히 열이 많은 아기의 뜨거운 몸, 밤이 되면 창문을 열어 놓을까 닫을까 열면 얼만큼 열고 닫으면 얼만큼 닫아야 좋을까. 새벽이 오면 나는 홑이불을 당겨 덮으면서 우리 아기는 어떻게 하고 있을까. 쓰다 달다 의사 표현을 못하는 아기는 어쩌고 있을까. 잠이 안 오는 사이 귀뚜라미 울음소리와 함께 한 걱정이 아기 방에 들어가 보면 아기는 곤히 자고 있지만 몸이 싸늘해서 이불을 덮어주고 창문을 닫고 나온다.

열이 많은 우리 아기 땀을 흘리지 않을까. 혹은 이불을 차버리지 않을까 해서 다시 들어가 본다. 걱정은 걱정의 꼬리를 물고 귀뚜라미 소리로 잦아든다. 어떻게 해 줘야만 아기에게 해롭지 않을지. 어찌하면 아기한테 안성맞춤이 되는지. 어제와 같은 걱정들이 부뚜막에 엿을 두고 길 떠난 나그네 같다. 끝이 없을 것 같은 육아의 마무리 단계는 아마도 아기가 스스로 이불을 당겨 덮을 수 있을 때까지가 아닐까 싶다.

고찰하다

아기에게, 아빠가 널 데리고 엄마가 있는 집으로 가는 날이다. 아빠를 보면 반갑게 맞이하여 아빠를 기쁘게 해드리라고 사위 오기 사나흘 전부터 교육했건만, 초인종 소리만 듣고 얼굴도 보기 전 "아빠" 하더니만 정작 아빠가 안아주려고 하니까 아빠는 안중에 없고, 나를 향해 손가락으로 "할머니 있다 있다" 외친다. 민망스럽게 가슴 아프게 제 아비를 보면서 "있다 있다" 해야 하거늘…

우리 아기 언제 안정 찾을까? 울림을 안기면서 숙연케 하는 "있다 있다"라는 아기의 말에 대해 고찰해 본다. 아기는 '있다'를 '잇다'로 풀과 바람의 관계 형성의 깊은 의미로 했음에도 불구하고 청맹과니 나는 '자리를 차지하다'는 자동사로 곡해한 것은 아닌지 아기는 끈을 잇는 것처럼 끊어지지 않게 계속되는 인연을 구가하는 것은 아닌지… 아기의 말은 알 것 같으면서도 모르겠는 신비 그 자체다. 알아가면서도 더욱 더 모르겠는 그 무엇이다. 아기는 의구심 하나로 나를 교육한다.

끝물

여름도 막바지다
'끝물'이란 단어가 따라온다
바람의 색깔이 달라지니까
우리 아기 식욕이 좀 당겼나?
일초도 가만있지 않으니
많은 에너지가 필요하겠지?
간식 시간이 아직 멀었지만…
안 먹겠지? 밑져야 본전이지 뭐 하고
고구마 말린 것을 줬더니
날름 다 먹고는 더 줘도 먹겠다는 뜻으로 비친다
앵두, 복숭아, 자두, 참외, 주는 족족 척척 해결한다
평소와 다르게 먹기 싫은 것을 마지못하여 먹는 듯
깨작깨작하지 않는 것이 이상스럽다

더위 먹느라 곯았던 배가
'끝물 과일은 자네를 위로하는 법을 알고 있다네' 한다

본가에 보내 놓고 1

아가, 너는 없고 네 체취만 물컹물컹 잡히는 집
적막강산 같은 낯선 곳에서 후회와 반성으로
너와 함께 한 지난 닷새를 반추해 본다
네가 말을 안 들어 발이 손이 되도록 빌어 봐도
해찰만 해서 울긋불긋 단풍 들던 내 마음도 보인다
내 간절한 부탁! 시큰둥한 너의 반응에
푸대접 받은 목이 바짝바짝 탔던 때를 본다
너를 설득해 보려고 봄날 눈 녹듯
온 마음과 온몸으로 너를 애무해 봐도
애물단지 같았던 너에게 "있다 있다" 할머니는 간다
하고 멀리 가는 척 겁을 주면
해는 반짝했다가 이내 구름 뒤에 숨더라
미운 일곱 살이란 말을 들어봤어도
미운 두 살이란 말은 듣도 보도 못했는데…
그런 날은 고아원에 있는 원아들이 생각났다

만감이 교차하는 일몰 녘의 고요를 안고
그 아이들을 위한 기도의 시간
가을장마는 잔잔한 마음을 출렁이게 하는 음악이구나

절

느리광이처럼 느릿느릿
세월아 네월아 하고 걸었다
우리 아기랑 손잡고
발도 맞추며 동네골목 산책했다

골목 끝에 있는 절에 놀러 갔다
합장하며, 아가! 스님께 절해야지
했더니 설날에 하는 큰절 같이 하려고 했다
하마터면 우리 아기
오체투지 할 뻔 했다

코가 땅에 닿을 듯 말 듯
장엄하게 절을 하려는 우리 아기
개구쟁이 같이 농담처럼 잘했다
농담 안에 뼈가 있었으니
우리 아기 절 한 번 절답게
기똥차게 잘 했다

자! 받으세요 ★★★★★

전철 안 풍경 4

*

상글상글 우리 아기 옆에 앉으시는 할아버지를 보며 큰 소리로 "할아버지 할아버지" 해서 모두들 웃었는데 어떤 할아버지가 승차하셔서 그 할아버지 옆에 앉는 것 보고 "또 할아버지"라고 하니까 일제히 웃음을 터트리는 주변 사람들, 고무적이다 웃음소리가 파격적이다.

*

정면에는 두 분의 할머니가 나란히 앉아 계신 걸 보면서 두 팔을 뻗어 두 손의 검지로 할머니를 가리키며 "할머니 할머니 똑같다" 해서 귀 있는 사람은 마구잡이로 웃고 구겨져 있던 사람도 주름살 쫘–악 펴고 너털웃음 이다.

*

사정거리에 있는 사람들 체크하며 적당하게 혹은 맞춤 맞게 불러서 인사 당기는 재치 있는 우리 아기, 청년은 "삼촌 안녕" 아가씨는 "언니 안녕" 아주머니는 "이모 안녕" 그런데 할아버지에 가까운 아저씨를 주저 없이 "할아버지 안녕" 해버렸다! 조마조마했던 마음이 쥐구멍 찾고 있을 때 "이눔아, 내가 할아버지로 보이냐?!" "아이구, 죄송하구먼유. 아저씨란 개념을 아직 잡지 못해심더… 제가 가르치지 못해서예…"

과자 앞에서

아가! 우리 어디 놀러 갔지?
바오로 딸 서점에 책 사러 갔지?

수녀님의 인사 “아가 안녕? 참 예쁘게 생겼구나”
우리 아기의 응답 “싫어 싫어”

당황한 그 분은 어떻게 해야
네 눈에 들까 네 마음 살까 궁리 하는 사이
날래게도 과자 한 개를 찾아왔다

과자 하나 받아 들고
금방 환하게 웃어주는 아가야
과자 앞에서는 영혼도 팔 것 같고나
그분이 ‘어휴– 이제 살았다’고
한숨을 쉬며 입을 귀엽게 벌리며
가볍게 웃는 모습이 네 영혼에
당신 영혼이 팔린 것 같구나

본가에 보내 놓고 2

아가! 네가 이 세상에 복덩이로 온 지
꼭 20개월 되는 날이구나
너를 축하해 주고 싶은 할미는
네 엄마에게 통화하고 싶다고 했구나

'연희동 할머니야' 하고 수화기를 네 귀에 대었나 봐
쩌렁쩌렁한 그 특유의 음성이 "할머니 있다 있다"로
번쩍번쩍 번갯불처럼 명료하구나

마음에 새겨져서 숨을 고르게 하는 말
쓰러져 있을 때 일으켜 세우는 말
서 있을 때 쓰러지게도 하는 말

아가! 너는 나한테 보살핌을 받는 수혜자
나 또한 너의 하늘같은 사랑을 받아먹으면서
한 생명을 깊게 보듬을 수 있는
특권을 누리고 있는 수혜자구나

혼자 보기 아까운 장면

우리 아기 감수성 정말 풍부하다
정월 대보름 같이 충만하고
팔월 한가위 같이 풍성하다

뿔 난 할머니가 상대를 안 하면
할머니를 불렀는데 대꾸가 없으면
닭똥 같은 눈물을 뚝-뚝 흘리며 대성통곡을 한다

원하는 것을 찾을 때 두 손으로 입을 가리고 있다가
찾았을 때는 가렸던 손을 입에서 살며시 떼며
감격하는 몸짓, 재색을 겸비한 규수같이 단아하다

기분 좋을 때는 상기된 빛으로 입술을 오므리며
우-우- 괴성으로 상대의 혼을 빼놓을 듯
기뻐서 손뼉 치는 감정 표현
오드리 헵번 뺨치겠네 그랴

싫다는 짓 자꾸 하면 대번에
그 붉그락 푸르락 천연스런 감성 연기
그녀도 네게 와서 특별 과외 받아야겠네 그랴

깨소금이다

우리 아기 맘마 먹일 때마다
버릇이 어찌나 고약한지
밥투정 받아 주려니까
속이 뒤집어져 줄넘기 한다
언제까지 봐줘야 하나
줄넘기 하는 와중에
번개 같은 한 생각이 왔다

할미를 물로 여기던 우리 아기
할아버지 모시고 함께 먹었다
긴장한 것 보니 참깨가 서 말이다
어찌나 얌전한지 깨소금이다
씹은 것 뱉어내려고 어물어물 하는 사이
눈치 보며 짐짓 점잖아진다

얼쑤! 할아버지란 존재 그 자체
규율이 잡히게 하는 구세주다

쥐구멍에도 볕들 날 있었네?

첫 손님

아가! 추운 겨울 발가벗은 몸으로 눈바람을 맞고 있던 옆집, 살구나무의 풋살구가 늦봄과 함께 떨어지는 시절 가고 울타리를 감싸고 있던 뒷집, 능소화 자지러지게 피기 시작하면 장마 때를 알려 주더란다.

줄장미의 앞집, 담장 안의 대추나무, 꽃사과나무, 모과나무, 배나무에서 매미 소리 째앙째앙 햇살로 내리 꽂아 여름은 무르녹아 없어지는가 싶었던 때도 있었더란다.

앞집, 뒷집, 옆집 사계절을 함께 한 꽃나무들은 흔적 없이 사라지고 4층짜리 고급 빌라로 들어선 뒷날부터 여태 우리 집은 섬이 되어 살아 있었더란다.

오늘 우리 집 앵두나무에 참새들이 놀러 와 귀가 간지럽네? 너랑 사귀고 싶다고 하네? 우리 아기 첫 손님 맞으며 심쿵! 짹짹아! 찾아줘서 고마워. 자, 이것 받아! ~^^~

목소리

목이 예사롭지 않아 병원에 갔더니
의사는 말을 하지 말란다

목을 아껴야지! 명심해야지! 해놓고
아기랑 놀 때 목을 아끼기 위해 말을 아껴 보았자
자고로 아끼면 똥 된다고 했거늘?
아기의 상냥스러운 목소리에
마음은 헤퍼지기만 하니 부질없는 짓이다

아기의 낭랑한 목소리!
옥구슬이 은쟁반 위를 굴러다니는 소리
지리산 치밭목 산장 뒤 켠에서 흐르는
물소리 같은 수려한 목소리에 홀딱 넘어간
내 몸을 사릴 수가 있나
어느 천하장사가 이길 수 있겠나

오늘도 할머니를 감정 없이 막 부르는 게 아니라
할머니의 끝 음절 '니'의 꼬리를 은근히
사알짝 올려 부르는 천하의 이 매력덩어리야!

노리개

아가! 할머닌 목이 많이 '아야' 한단다
네 기분에 맞춰 시도 때도 없이
노래도 불러줘야 하고 조건 없이 너를 짝사랑하다 보니
네가 좋아하게끔 네가 원하는 대로 설명을 미역 줄기처럼
길게 하다 보니까 그렇게 되었구나
너는 끝없이 대화하는 것 좋아하잖니?
말하는 것 잠시 쉬거나 목이 안 좋아
이야기를 짧게 하면 뭐가 이상하니?
끙끙 앓는 소리를 내더라?
온 바닷물을 다 켜야 맛이냐?
네가 외로우니까 외롭지 않게 해달라고?
아-아-'심심풀이 땅콩'이 되어 달라고?
이야기는 가래떡처럼 하라고 종용하는 아가야
그래 알았다! 내가 네 노리개지?
그러고 보니 나는 나도 모르게
너의 충실하고 출중한 종이 되어 있네?
그래! 좋아 좋아 너의 사랑스러운 권력으로
나는 네 노리개다

전철 안 풍경 5

"이게 뭐야"
질문 공세로 진땀 빼게 하는 우리 아기. 아기 옆자리에 중후한 할아버지가 스마트폰을 보고 있는 것을 보고 우리 아기 "이게 뭐야" 하니까. 그분이 "전화기" 했다. 그런데 또 "이게 뭐야" 한다. 그 분은 양복 안주머니에 스마트폰을 넣으셨고 이게 끝인 줄 알았다.

우리 아긴 뭐가 미흡했을까?
제차 또 "이게 뭐야" 한다. 근엄하신 할아버지! 대답 없는 그분이 "이게 뭐야"로 또 귀찮게 혹은 성가시게 하니까, 그분이 "개" 한다 (아가! 뼈 있는 말이란다. 자제력이 필요해!).

아긴 무슨 답을 원했을까? 다시 한 번 더 "이게 뭐야" 한다. 그분이 "고양이" 한다. 아긴 태연하게 또 "이게 뭐야"니까 "돼지" 한다. 끈질김에 두 손 들고 결심했나? 아기의 줄기찬 의구심에 이번에는 "옷" 하니까 비로소 질문이 뚝 그쳤다.

아기는 내 귀에 대고 '산은 산이고 물은 물이다'고 하셨던 성철 큰스님이 그리웠다고 한다.

후기

잊기 힘든 얼굴

후기

잊기 힘든 얼굴

지난 해 6월 육아 시집 『하루 별이 모여서』 1편을 낸 뒤 6월에서 10월까지 5개월 동안 발로 뛰어 책을 다 팔았다 그런데 희한하게 그 후로도 주문이 띄엄띄엄 들어왔다(시는 안 좋아도 선행은 좋았나 보다ㅎㅎ). 재판을 고심해 보던 중 '그래 맞아! 아기는 자라고 있으니까 2편을 내면 되겠다' 싶었다. 전편은 한 살적 때 이야기, 2편은 두 살 때 이야기를 엮었다. 3편도 꿈을 꿔보며…

몽골은 우리나라와 다르게 6개월 이상 겨울이다. 5월에도 눈이 내리는 쓰레기장에 서서 한 끼를 해결하고 쓰레기장에서 주워모은 비닐을 태우며 난방을 하는 사람들. 추워서 더 배가 고픈 이들에게 한 푼이라도 더 보내고 싶어서 마치 예전의 탁발승처럼 편지로, 전화로, 직접 찾아가서 책을 팔았던 결과 십시일반의 기적을 이뤄 주셨던 은인 님들의 은혜를 곰곰이 되씹어본다.

내가 발품을 팔 그 당시 책을 받고 혹은 읽어 본 뒤 문자나 전화로 응답을 주셨던 은인님들은 내게 희망을 주었다. 빡빡한 세상에 윤활유의 행복감으로 안아주시면서 한 말씀을 주셨다.

그 분들께서 하신 첫마디 말보다 더 중요한 것이 내 인생에 있을까? 그 위로와 격려와 사랑의 응원을 죽을 때까지 기억하고 싶다(팔아보겠다고 하셨던 말은 뼈에 사무치도록 고마웠다). 그래서 마치 성전을 지을 때 도움을 주신 분들의 성함을 성전이 완공된 뒤 성전의 돌기둥에 새기듯 그 은혜로운 분들의 정성을 받았던 순서대로 여기 영광의 기록으로 남긴다. 응답을 머뭇거리다가 못 하신 분들께도 큰절을 올리며…

"이 시를 읽으면 딸이 보이고 아들이 보인다. 손주가 보이고 남편이 보인다. 친정아버지가 보이고 어머니가 보인다. 내가 보이고 사람이 보인다. 그리고 하느님이 보인다." -이명숙

"책 도착했어요. 표지도 귀엽고요. 아기 성장기를 시를 통해 알 수 있어서 넘 잼나요. 책은 잘 팔 수 있을 것 같아요. 벌써 스무 권 주문 받아 놨거든요." -서덕희

"손주와 할머니가 혼연일체 된 듯 했고요. 저희 약국, 명당자리에 두고 팔겠습니다." -최종애

"손주를 돌 볼 때 많은 도움이 될 것 같습니다." -나기철

"집에 들어오니 예쁜 책이 도착했어요. 참 재미있을 것 같아요." -정덕연

"그 바쁜 와중에 시는 또 언제 썼을꼬." -변영숙

"시도 좋고 취지도 좋습니다. 아직도 시가 팔딱팔딱 뛰네요." -박준영

"알라 키움서 우째 이런 일이… 와! 언니 대단하네예." -이진영

"열 권 보내봐라. 나도 이참에 한 번 팔아 보게." -김태수

"손주 본다고 욕보제? 시집이 예쁘고 맘에 든다." –김숙자
"상담 자격 준비한다고 정신없어서 한쪽에 미뤄 뒀다가 정신이 번쩍!! ^^ 이 아침에 정독했어요. 참 글이란 게 신기하네요. 내가 모두 알고 있는 아기의 성장기인데 의미를 부여하니까요. 아주 특별한 일인 것처럼 느껴져요. 한 권만 소장하고 육아에 지친 분들에게 선물하도록 해야겠어요. 그 특별함이 힘이 되도록… 좋은 일에 쓰여진다니 그것 또한 기쁜 일이네요. 여력이 없어서 더 많이 못 도와드려서 송구하고요. 그리고 2탄도 기대해 봅니다." –김현하
"할머니와 손주의 교감을 어쩜 그리도 잘 담아 내셨는지요? 사돈께도 보내려고 합니다." –강혜금
"시집 잘 받아 보고 있습니다. 내용과 표현이 참 좋습니다."
–김민수 신부님
"한 권만 보내세요. 5만원 보내니 나머지는 다른 사람에게 파세요." –이순향
"여러 권 사서 선물하는 것도 좋겠지만 나는 선물로 하지 않고 한 권씩 한 권씩 사랑의 정신을 넣어서 팔아볼래요." –정지민
"제가 스무권 소화하겠습니다. 제 지인들에게 선전 많이 하리다."
–배성례
"10만 원 보내오니 나머지 거스럼은 그곳에 보내주세요." –신현정
"열 권 밖에 못 사드려 죄송해요." –김선희
"축하드려요. 선물하기 딱 좋아요." –오순희
"나도 팔아볼까요? 팔 곳을 소개해 드리리다(류훈 선생님께 감사!)." –김우선
"단숨에 다 읽었습니다." –정지영
"선배! 내도 고맙심더." –김소양

“군더더기 없이 꾸밈이 없는 시가 너무 좋아요. 저도 카페에 두고 정성을 다해서 팔아 볼게요.” –이삼란
“바빴을 터인데 언제 또 시까지 썼어요?” –김선경
“손주 키우는 와중에도 시집을 내고 대단하십니다. 우선 몇 편 읽었는데 공감 가네요.” –김경화
“손주도 시 쓰듯 키우나? 어젯밤 모두 읽었네. 이제 틈틈이 슬로우 비디오 틀 듯이 찬찬히 장면 연상해가며 읽어 볼 께. 좋은 할매 시집 낳게 해 준 아기에게도 축복을…” –김말숙
“포장한다고 욕 봤겠더라. 게을러서 미루어 뒀다가 방금 다 봤다. 글이 어찌 그리도 생생하니? 아기 목소리 한 번 듣고 싶네.”
–홍기현
“10년 만에 나오는 시집 발간 진심으로 축하드립니다.” –이준환
“육아 시집 발간 축하드립니다.” –김영배
“고생하셨네요. 창작이 쉽지는 않지요.” –이진숙
“밤에 잠이 안 와 펼쳐서 풍부한 감성에 젖어듭니다.” –서순애
“살갑게 와 닿은 구절구절에서 할머니의 사랑이란 이렇게도 깊은 것이구나 새삼 깨닫습니다.” –고미석
“36시간 진통 끝에 태어난 내 똥강아지! 지금 18개월 된 손자를 돌보고 있는데 손에 잡힐 듯 너무 생생합니다.” –백태종
“시집도 내고 좋은 일도 하고 축하해.” –정은다
“우선 1부만 봤는데 옛날 생각이 새록새록 나던데요.” –박성남
“책 팔기가 어려울 텐데… 옛 산우들이 한 권씩 사줬음 좋겠는데…” –하명채
“좋은 일 하신다니 참 좋아요.” –한숙희
“ 😮 ” –박요저

"…." –조균행
"책 속에 언니가 훤히 보이네요." –서은미
"나도 팔아 볼게." –강희주
"우리 손주 예쁘게 써줘서 고마워요." –김춘화
"남편과 나란히 앉아 니 시집 읽고 있다. 나를 행복하게 해줘서 고마워." –송경숙
"애 키우면서 '기' 다 뺏겼는데 그날 그날 메모해 뒀는지 어쩜 그리도 관찰력이 풍부하니?" –강영선
"하루 볕이 모여서 잘 봤다, ♥." –정말선
"참 열심히 살았네." –이종만
"우리 가게에 두고 파세요. 많이 팔려야 할 텐데." –김선미
"어젯밤에 다 봤어요. 추석 선물하게 다섯 권 더 주세요." –이소영
"은자 동아 금자 동아 라는 말은 들어 봤는데 이걸 어떻게 다 아셨어요?" –이은주
"여기 얼라 키웠던 할배할매들 많심더. 선물하게 열 권 더 보내주이소." –정영천
"선물하기 딱이네요. 거스럼은 그곳에 보내세요." –김희정
"새로운 단어가 하나도 없는데 단어 하나하나가 전부 새롭게 읽혔고요. 이 선물은 아기에게 전해주세요." –박수자

아주 특별하게 다가오는 진실한 이름과 절창같은 주옥의 명문장들! 혼자 보기 아까워 나누고 싶었습니다. 한 분 한 분께 일일이 전화로 허락을 받고 기록해야 마땅함에도 불구하고 그렇게 하지 못한 채 실명으로 기록한 것에 대해 양해를 바랍니다.